Bianca

D1173659

Entre el deseo y el deber
Janette Kenny

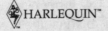

Editado por HARLEQUIN IBÉRICA, S.A.
Núñez de Balboa, 56
28001 Madrid

I.S.B.N.: 978-84-671-9590-3
Depósito legal: B-2507-2011
Editor responsable: Luis Pugni
Preimpresión y fotomecánica: M.T. Color & Diseño, S.L.
C/ Colquide, 6 portal 2 - 3º H. 28230 Las Rozas (Madrid)
Impresión en Black print CPI (Barcelona)
Fecha impresion para Argentina: 29.8.11
Distribuidor exclusivo para España: LOGISTA
Distribuidor para México: CODIPLYRSA
Distribuidores para Argentina: interior, BERTRAN, S.A.C. Vélez
Sársfield, 1950. Cap. Fed./ Buenos Aires y Gran Buenos Aires,
VACCARO SÁNCHEZ y Cía, S.A.
Distribuidor para Chile: DISTRIBUIDORA ALFA, S.A.

Capítulo 1

GEMMA Cardone corría por las calles de Viareggio hacia la naviera Marinetti, con el corazón acelerado y los nervios de punta. Las campanas de la iglesia dieron las seis, el eco distante pero claro en el silencio de la mañana toscana.

Desde que empezó a trabajar en Viareggio nueve meses antes siempre había disfrutado del agradable paseo hasta la oficina y los grandes ventanales del edificio le recordaban el puente de Cinque Terre, desde el que se veía un cielo interminable, el mar de Liguria y los acantilados.

En el antiguo pueblo de Manarolo, donde ella había nacido, los viejos edificios subían por los acantilados como agarrándose a la pared; los mismos acantilados en los que crecían unas magníficas uvas que usaban para hacer un vino que no se podía encontrar en otro sitio.

Era un sitio pequeño, remoto y más viejo que el propio tiempo. Las calles eran estrechas y había escalones por todas partes, pero cuando no estaba allí lo echaba de menos porque en Manarolo había una paz que no encontraba en ningún otro sitio.

Allí, en Viareggio, un pueblo costero cerca de Cinque Terre por mar, era todo lo contrario. Tenía bonitas playas, pero también era una zona industrial llena de astilleros y con más turistas de los que ella había visto nunca en Manarolo, aunque fuese el mes de agosto.

Gemma suspiró, preocupada. Todos los días iba a la oficina deseando ponerse a trabajar, pero no aquel día.

Una semana antes, la mujer de Cesare había perdido la vida en un trágico accidente de tráfico que lo había llevado a él al hospital. La naviera Marinetti estaba cerrada desde entonces, de luto por la *signora* Marinetti y por respeto a la familia.

Gemma estaba nerviosísima desde el funeral, preocupada por el infarto que mantenía a Cesare hospitalizado. Era lógico que los empleados se preguntasen cuándo volvería a la oficina. ¿Quién se encargaría de llevar la naviera hasta entonces?

La respuesta había llegado a las cinco de la mañana, cuando Cesare la llamó por teléfono desde el hospital.

—No tengo mucho tiempo para hablar —la voz de su jefe era apenas un suspiro.

—¿Cómo estás?

—Los médicos dicen que necesito un bypass —Cesare dejó escapar un largo suspiro de resignación—. La naviera abrirá hoy, pero yo no volveré al trabajo en varias semanas.

—Sí, claro —dijo ella, entristecida—. ¿A quién vas a poner en la dirección?

—Mi hijo se hará cargo de la empresa.

¿Su hijo? ¿Cesare había llamado al hijo que le había dado la espalda cinco años antes? ¿El que no lo llamaba nunca ni iba a visitarlo porque estaba demasiado ocupado haciendo de playboy?

–Lo he confesado todo, Gemma, y ahora vivo para lamentarlo. Debes ir a la oficina ahora mismo para retirar los documentos en los que se habla de mi hija y de ti. Llévatelos a casa y escóndelos bien. No puedo dejar que se sepa la verdad... Stefano especialmente no debe saber nada.

Cesare tenía razón. Si el secreto se hacía público, aparte del dolor para la familia Marinetti, se crearía un problema para la naviera. Y no quería ni pensar en lo que sería de la hija de Cesare.

–No te preocupes –le dijo–. Yo me encargaré de todo.

–*Grazie*. Ten cuidado con Stefano y no le digas cuándo piensas ir a Milán.

Gemma recordaba esa advertencia mientras corría hacia la oficina. Los bares y los cafés aún estaban cerrados, pero no tardarían mucho en abrir. ¿Qué otras sorpresas le depararía aquel día?

Mientras subía al despacho de Cesare, los tacones de sus sandalias repiqueteaban en el suelo de madera al mismo ritmo que su corazón.

Sencillamente, no podía fracasar en aquel encargo. No podía fallarle a Cesare después de todo lo que habían pasado juntos.

El ruido de una puerta cuando estaba llegando al final del pasillo hizo que Gemma se detuviera, pálida, aguzando el oído.

No veía a nadie, pero estaba segura de haber oído algo. Ninguno de los empleados había llegado todavía. De hecho, no había ninguna razón para que fuesen tan temprano.

Debía de ser el guardia de seguridad haciendo su ronda, pensó. Sí, tenía que ser eso.

Aun así, Gemma recorrió los metros que le faltaban con el corazón en un puño. No podía dejar que la viese nadie porque le harían preguntas que no podía responder y jamás había sido capaz de contar una mentira de manera convincente.

Entró en el despacho de Cesare y pulsó el interruptor de la luz con dedos temblorosos antes de dirigirse a la caja fuerte.

A pesar del fresco de la mañana, tenía la frente cubierta de sudor. La blusa, de color coral, se pegaba a sus pechos y la falda azul marino se le había torcido con la carrera, pero no podía arreglarse la ropa. No había tiempo.

Los Marinetti habían sufrido suficiente, pero temía lo que pudiera pasar cuando el hijo de Cesare se hiciera cargo de la empresa.

Por lo que había oído, Stefano Marinetti era implacable en los negocios y un mujeriego fuera de la oficina. Y, después de verlo en el funeral, intuía que los rumores eran ciertos.

Sí, era alabado por su capacidad para tomar decisiones rápidas y ganar millones, pero también era un conocido mujeriego que no se había molestado en visitar a sus padres en cinco años. En su opinión, no había sitio allí para él.

Recordar el último titular que había leído sobre Stefano hizo que frunciese el ceño. El hijo de Cesare ganaba millones, mientras la naviera Marinetti tenía que esforzarse para poder pagar a los empleados.

Los rivales de Cesare decían que estaba acabado

y, aunque ella sabía la verdad, no podía divulgar dónde había ido su fortuna.

Nerviosa, empezó a girar la rueda de la caja fuerte, el único sonido en el despacho los latidos de su corazón y el tictac del reloj de la pared.

Pero al oír voces en el pasillo se detuvo durante un segundo. Eran dos hombres...

A toda velocidad, y con el corazón en la garganta, Gemma sacó de la caja la carpeta que buscaba y la guardó en el bolso. Luego cerró la caja fuerte y salió del despacho de Cesare para entrar en el suyo. Podía oír pasos tras ella, pasos masculinos, impacientes.

No podía ser el guardia de seguridad y dudaba que fuese un empleado. No, casi con toda seguridad, el hombre que estaba a punto de entrar en el despacho era el hijo de Cesare Marinetti.

Gemma se dejó caer sobre el sillón, escondiendo el bolso bajo el escritorio a toda prisa. Lo había conseguido, ahora lo único que tenía que hacer era fingir que estaba muy ocupada...

La puerta se abrió entonces y un hombre alto con un traje de Armani entró en el despacho. Se detuvo de golpe y la miró con gesto de impaciencia, más o menos el mismo gesto que tenía durante el funeral de su madre.

Stefano Marinetti era una versión más joven y más leonina de su padre, con el pelo de color castaño, ondulado. Como había hecho en el funeral, la miró de arriba abajo con esos ojos de color café hasta hacer que Gemma sintiera un cosquilleo. Los hombres la habían mirado abiertamente muchas veces, pero nunca como lo hacía Stefano Marinetti, con aquel brillo carnal en los ojos.

Era un comportamiento totalmente inapropiado incluso para un italiano. No sólo la desnudaba con la mirada, sino que parecía estar haciéndole el amor.

Haciendo un esfuerzo, Gemma llevó aire a sus pulmones. Un error, porque al hacerlo respiró el aroma de su colonia masculina, una mezcla erótica de especias que la hizo tragar saliva.

Odiaba la atracción que sentía por él, pero no podía evitarlo. Era una locura humillante, pero adictiva.

No podía ni imaginar cómo iba a trabajar con aquel hombre hasta que Cesare saliera del hospital. No podría hacerlo... pero tampoco podía hacer otra cosa.

Entonces recordó la promesa que le había hecho a Cesare... y a Rachel. Y el recuerdo de la niña en el hospital le dio fuerzas para mirar a Stefano a los ojos.

Su presencia dominaba la habitación por completo, de modo que no habría podido apartar la mirada aunque quisiera. Las revistas tenían razón, sus rasgos clásicos podrían rivalizar con los de las estatuas romanas. Tenía una expresión intensa, sensual.

E impaciente.

Mirándolo podía imaginar a un gladiador romano venciendo a sus rivales. O a un dios rodeado de vestales.

Era un empresario famoso que exudaba carisma y atractivo y lo utilizaba cuando quería. Como estaba haciendo en aquel momento.

Stefano era un predador peligroso que estaba allí por una razón: para usurpar el puesto de Cesare. Y no debería olvidarlo.

–*Buongiorno*, *signor* Marinetti. No he tenido oportunidad de darle el pésame por la triste muerte de su madre.

Él asintió con la cabeza, mirando alrededor.

–¿Dónde está Donna?

–Donna se retiró el año pasado.

–¿Y cuándo la contrataron a usted?

–Hace un año.

–Ah, ya veo –murmuró él, mirándola de una forma que la hizo sentir vulnerable e inadecuada, lo cual no era una sorpresa ya que ella nunca podría ser el tipo de un arrogante millonario como él–. ¿Y su nombre es?

–Gemma Cardone, soy la secretaria personal de Cesare.

–¿Y suele venir a trabajar tan temprano?

–No –contestó ella, porque de haber dicho otra cosa Stefano sabría que estaba mintiendo.

Además de arrogante y autoritario, era un hombre muy observador. Durante el funeral de su madre lo había visto mirando a todo el mundo, como tomando nota.

Entonces no había mostrado ninguna emoción... no, eso no era cierto, parecía enfadado, como el Etna a punto de estallar.

Nunca se había sentido tan atraída por un hombre a primera vista, pero había pensado que era una tontería hasta que él entró en el despacho.

Stefano Marinetti era peligroso y Gemma tuvo que hacer uso de toda su fortaleza para seguir sonriendo.

–Sabía que habría correo atrasado y muchas llamadas que devolver. Mucha gente ha escrito o llamado para dar el pésame y preguntar por la salud de Cesare...

–Me alegro de que haya tomado la iniciativa en este momento tan delicado.

–En realidad, Cesare me ha pedido que lo hiciera.

–¿Cesare la ha llamado por teléfono?

–Sí, anoche.

–Los médicos le han dicho que debe descansar.

–Fue una llamada muy breve –le aclaró Gemma–. Sólo hablamos durante unos minutos.

–¿Mi padre le ha dicho que le informe de mis actividades?

–No –contestó ella, sorprendida–. ¿Debería hacerlo?

Stefano Marinetti esbozó una sonrisa.

–¿Mi padre la llama señorita Cardone o Gemma?

–Cesare prefiere un ambiente de trabajo informal, de modo que nos tuteamos.

Algo que él sabría si no le hubiera dado la espalda a su padre cinco años atrás.

Sus facciones parecían hechas de granito, de modo que no podía saber qué estaba pensando. Pero daba igual, ella estaba allí para ayudar a Cesare, no a su hijo.

Cesare Marinetti había necesitado ayuda durante los últimos nueves meses, pero aquel hombre no había aparecido por allí. ¿Sabría Stefano de los problemas económicos de su padre? Debía de haber oído los rumores al menos y él, con sus millones, debería haberse ofrecido a ayudarlo.

Pero no, había esperado hasta que Cesare estuvo en el hospital para hacer su aparición.

Se quedaría allí por su jefe, pensó Gemma. Pero

sospechaba que iba a ser difícil contener su temperamento delante de aquel arrogante.

–Muy bien, Gemma –dijo él, pronunciando su nombre como una caricia–. Como mi padre y yo estamos de acuerdo en esto, lo mejor será que nos tuteemos. Dile al supervisor del astillero y a los jefes de departamento que los espero a todos en mi despacho a las dos en punto.

–¿Hoy?

–Hoy, sí. ¿Algún problema?

–No, en absoluto.

Stefano salió del despacho y Gemma dejó escapar un suspiro de alivio. ¿Pero cuánto duraría?

Era un hombre guapísimo, viril. Y un arrogante que se había hecho cargo de la empresa colocándola a ella en una posición muy precaria.

Eso era en lo que debía concentrarse, en el hecho de que Cesare le había confiado su secreto a ella, no a su hijo.

Oh, Cesare... haría cualquier cosa por él. Ya lo había hecho, en realidad. Y haría lo que fuera.

La inesperada atracción por Stefano la había cegado temporalmente, pero la próxima vez que lo viese estaría más preparada.

–*Scusi*, Gemma... –Stefano asomó la cabeza en el despacho y ella hizo un esfuerzo por sonreír.

–Dime.

–¿Te importa ayudarme a hacer café? Nunca me sale bien.

¿Y pensaba que a ella sí? Gemma tuvo que morderse la lengua.

–Ahora mismo.

–*Grazie*.

Hacerle café... increíble, pensó, irritada. Aunque a Cesare se lo hacía todos los días.

–¿Cómo lo tomas?

–Solo, sin azúcar.

Eso no le sorprendió, pero no había esperado que la mirase de ese modo mientras se estiraba la falda. Era como si estuviera quitándosela con los ojos...

–Haces que parezca tan fácil –dijo Stefano cuando el rico aroma del café llenaba el despacho.

Gemma levantó la mirada y, de inmediato, tuvo que tragar saliva. ¿Estaba coqueteando con ella?

Sí, por supuesto que sí. Todos los hombres italianos coqueteaban y Stefano tenía fama de mujeriego.

–¿Necesitas algo más? –le preguntó, intentando mostrarse amable pero fría.

–No, por el momento no –respondió él, aunque el brillo de sus ojos contradecía esa respuesta.

Gemma salió del despacho con los hombros erguidos. ¿Cómo se atrevía a ser tan despreocupado un momento y tan carismáticamente masculino un segundo después?

Seguramente encontraría alguna razón para interrumpirla cada cinco minutos. Estaba segura de ello.

De vuelta en su despacho, Gemma descolgó el teléfono para llamar a los jefes de departamento. Todos le preguntaron cuándo volvería Cesare y algunos expresaron su preocupación sobre lo que pasaría si se retiraba o moría.

Esto último hizo que se le encogiera el corazón. No había pasado mucho tiempo desde que perdió a su padre en un accidente de barco y no quería ni pensar en perder a Cesare. Pero estaba preocupada por él, una preocupación que no la dejaba dormir.

Meses antes, Cesare le había confiado que su hijo y él llevaban años sin hablarse. Y no había tenido que decirle cuánto lo disgustaba eso.

Cesare quería mucho a su hijo menor, pero las ideas de Stefano sobre la dirección que debía tomar la naviera Marinetti no coincidían con las de Cesare y su hijo mayor, de modo que se había marchado de la compañía para abrir una por su cuenta.

Qué curioso que hubiera vuelto para hacerse cargo de la empresa en aquel momento, cuando Cesare no podía defenderse. Gemma esperaba que no quisiera aprovecharse de la enfermedad de su padre para hacer las cosas a su manera. ¿No empezaría a hacer cambios drásticos...?

El intercomunicador sonó en ese momento, un sonido discordante que turbó la calma que tan desesperadamente intentaba encontrar.

—Sí, *signor* Marinetti.

—Stefano —le recordó él—. Necesito que vengas un momento.

—Enseguida.

Gemma se levantó del sillón y, de nuevo, intentó estirar su falda antes de entrar en la guarida del león cuaderno y bolígrafo en mano.

Stefano se había quitado la chaqueta y la había tirado sobre el sofá. Incluso se había remangado la camisa y aflojado la corbata, dejando los gemelos sobre el escritorio como si estuviera dispuesto a trabajar de verdad. Pero seguía pareciendo más un playboy que un ejecutivo.

Una mata de vello oscuro asomaba por el cuello de la camisa, el mismo vello oscuro de sus fuertes y fibrosos antebrazos, con un reloj Gucci en la muñeca.

Todo en él hablaba de dinero y sofisticación. Era el típico millonario extravagante, todo lo contrario a Cesare.

Hasta nueve meses antes, la naviera Marinetti había conseguido beneficios construyendo barcos y ferrys, pero algunos decían que estaba anticuada.

Últimamente, Gemma había oído rumores según los cuales estaban al borde de la bancarrota y eso dolía porque era verdad.

Ella sabía que Cesare se había visto obligado a recortar beneficios y, si pudiera, le devolvería el dinero que había insistido en que aceptara.

Pero el dinero había desaparecido y su única fuente de ingresos era ahora su salario. Y sin Cesare llevando el negocio, ¿cuánto tiempo aguantarían?

La semana anterior le había confesado que había tenido que vender parte de sus acciones a Canto di Mare para poder pagar a los empleados. Apenas tenía control sobre su propia empresa, era lógico que le hubiera fallado el corazón.

Sin decir una palabra, Gemma se sentó frente al escritorio, dispuesta a tomar notas. Aunque estaba contando los días hasta el regreso de Cesare.

–Voy a tener que dividir mi tiempo entre Marinetti y mi propia empresa –dijo Stefano, echándose hacia atrás en el sillón.

De modo que sólo estaría allí a tiempo parcial... estupendo, pensó Gemma. Seguramente ya estaba aburrido del negocio de su padre.

Cesare Marinetti era de la vieja escuela y sus horarios de trabajo eran más bien relajados. Todo allí se hacía con lenta precisión, como se había hecho durante generaciones.

Incluso muchos de los empleados eran hijos de antiguos empleados, ¿pero qué sabía Stefano de todo eso? Él le había dado la espalda a su familia porque no le interesaban las tradiciones ni la forma de llevar el negocio de su padre.

–Como mi secretaria está de vacaciones –siguió él–, tú me ayudarás también en mi oficina.

¿Qué? Lo diría de broma. Gemma no tenía intención de estar a sus órdenes, especialmente teniendo que hacer tantas cosas por Cesare en Milán. Eso era lo más importante.

–Lo siento, pero es imposible. Yo trabajo aquí.

Capítulo 2

LA BOCA que Gemma había admirado antes, a su pesar, esbozó una sonrisa que le encogió el estómago. Sabía incluso antes de que él dijese una palabra que acababa de desafiar al león.

–Tu trabajo está donde yo decida –anunció Stefano–. Mi padre tendrá que guardar cama antes y después de la operación, de modo que no puede hacerse cargo de nada. Ni siquiera de los asuntos personales.

Esta última frase hizo que Gemma sintiese un escalofrío. Estaba diciéndole que no se acercase a Cesare. De hecho, era sorprendente que Cesare hubiera podido ponerse en contacto con ella.

Al menos había conseguido sacar los archivos de la caja fuerte a tiempo, pensó. Tenía que guardarlos hasta que saliera del hospital y los guardaría con su vida.

–¿Está prohibido ir a visitarlo? –le preguntó, angustiada al pensar en la niña que esperaba a Cesare en Milán.

No podían abandonarla. Si Cesare no podía cuidar de ella, Gemma tendría que hacerlo. Pero para eso tendría que alejarse de Stefano y, considerando que pensaba llevársela de una oficina a otra, ir a Milán podría ser difícil.

–Puedes visitar a mi padre –respondió Stefano, acariciando su fuerte mandíbula con el pulgar, como si se lo estuviera pensando– después de la operación.

El brillo de sus ojos le decía que sospechaba algo. ¿Podría saber algo sobre su relación especial con Cesare? ¿Habría descubierto el secreto de su padre?

No, imposible, habían sido muy discretos. Cesare se había gastado una fortuna para que nadie supiera nada en el hospital.

Stefano estaba haciéndose el duro con la esperanza de que cometiese un error. Pues muy bien, había llegado el momento de recordarle que ella trabajaba para la naviera Marinetti y no para él, de modo que su empresa sería algo secundario.

Gemma se levantó, sujetando su cuaderno como un escudo.

–Cesare quería que preparase una lista detallada de los contratos que tenemos para el próximo año. Si has terminado, me gustaría ponerme a trabajar.

–¿Esa lista será incluida en la carpeta para el nuevo accionista?

–Sí –contestó ella, incómoda bajo su penetrante mirada.

–Entonces puede esperar.

–No, no puede esperar. Cesare me dejó muy claro que ese informe debía estar terminado hoy mismo.

–Y yo te digo que puede esperar.

Gemma hizo una mueca de disgusto.

–Puede que a ti te importe un bledo la naviera Marinetti, pero hasta que alguien me diga lo contrario mi jefe es Cesare y no tú.

Después de decirlo se arrepintió. Podría haberse

escondido bajo una mesa porque ella nunca, jamás, se dejaba llevar por las emociones en la oficina. Pero Stefano Marinetti parecía saber cómo sacarla de quicio.

Si se marchaba, Cesare no tendría a nadie de su lado en la oficina. Tendría que revelar su secreto y enfrentarse con las consecuencias. Y una niña sería expuesta públicamente como hija ilegítima.

Este último pensamiento la dejó sin aire. Ella había sido objeto de escarnio durante su infancia y no le deseaba eso a una niña inocente. Además, le había dado a Cesare su palabra de que seguiría adelante con el trabajo.

—Disculpa, no quería hablarte en ese tono.

Stefano estaba jugando con un bolígrafo y Gemma tuvo la impresión de que le gustaba jugar con sus adversarios, especialmente con ella.

Era la ayudante personal de Cesare Marinetti y, además de gustarle su trabajo, adoraba a su jefe. Él había dejado de hablarse con Cesare años antes. Hasta aquel momento, cuando Cesare estaba incapacitado. ¿Estaba allí para ayudarlo o tendría una agenda oculta?

—Veo que defiendes a mi padre con uñas y dientes.

—Sencillamente intento hacer mi trabajo.

—Estás haciendo mucho más que eso.

Gemma no se engañó a sí misma pensado que era un cumplido porque sabía que no lo era. Sencillamente, se agarró a la esperanza de que contratase a una secretaria temporal y la dejase hacer su trabajo sin interrumpirla.

–Yo sé por qué no quieres trabajar para tu padre.

–¿Ah, sí? ¿Y cuál es la razón?

Gemma levantó la barbilla, negándose a acobardarse.

–Tu rivalidad con tu hermano y tu negativa a aceptar órdenes de Cesare.

Stefano la miró, en silencio, durante unos segundos.

–¿Mi padre te ha contado eso?

–Me contó algo... el resto me lo contaron otras personas cuando empecé a trabajar aquí.

–Cotilleos –dijo él, levantándose del sillón–. La mujer de mi hermano fue la culpable de que me marchase de aquí.

Aquello empezaba a ser demasiado personal, pensó Gemma.

–Mira, no tienes que contarme...

–Antes de casarse con mi hermano era mi amante –siguió Stefano, como si no la hubiera oído–. Creyéndome enamorado, la llevé a casa para presentarle a mis padres, pero ella decidió que mi hermano era mejor partido ya que iba a heredar la compañía. Y Davide no tuvo el menor reparo en acostarse con ella a mis espaldas.

Gemma lo miró, perpleja.

–Por eso te fuiste de aquí –murmuró, casi sin darse cuenta–. No podías soportar verla con tu hermano.

–Ésa fue la razón principal por la que me marché. Pero hubo otros desacuerdos sobre la dirección de la empresa y los proyectos de futuro. ¿Estás satisfecha?

–Siento mucho que tu hermano y tu novia te traicionasen.

–No quiero su compasión, *señorita Cardone* –replicó él, fulminándola con la mirada.

–Muy bien, de acuerdo. ¿Puedo marcharme ya?

–Encárgate de esa lista que estás tan dispuesta a terminar.

Gemma estaba a punto de escapar cuando él la detuvo:

–Tráeme esa lista cuando la hayas terminado. Quiero revisarla antes de entregarla a mi departamento de administración.

No eran tanto sus palabras como la certeza que había en su tono lo que la llenó de temor. Y cuando se volvió para replicar lo encontró mirándola como si pudiera devorarla entera y disfrutar en el proceso.

Gemma irguió los hombros, decidida a no dejarse asustar.

–¿Por qué va a revisar otra persona las cuentas de Cesare cuando aquí tenemos nuestro propio departamento de contabilidad? –le preguntó.

–Muy sencillo: porque yo soy el propietario de Canto di Mare.

Ella tardó un momento en procesar la noticia.

–¿Tú eres el nuevo socio de Marinetti?

Él asintió con la cabeza.

–Y ahora, si me perdonas, tengo trabajo que hacer. Espero esa lista antes de las tres.

Gemma volvió a su despacho con el corazón encogido. Stefano no le estaba haciendo un favor a su padre encargándose de la empresa mientras él estaba en el hospital... no, él tenía intereses en la naviera. Y eso la hizo temblar de rabia.

Estaba segura de que quería vengarse de su padre.

¿Era por eso por lo que Cesare le había pedido que guardara el secreto con su vida? ¿Temía lo que pudiera hacer su hijo si descubría la verdad?

Sólo había una manera de conseguir respuestas para esas preguntas y, sencillamente, no podía arriesgarse. El futuro de una niña estaba en juego. Si Cesare no había tenido tiempo de revisar su testamento... bueno, entonces ella misma tendría que hacerse cargo de Raquel.

Y también tendría que controlar su reacción ante aquel italiano arrogante e inflexible que la afectaba como no debería.

Stefano era accionista de la naviera, de modo que estaba a su merced. Y, costase lo que costase, debía llevarse bien con él porque había mucho en juego.

Stefano Marinetti observó a la tentadora secretaria saliendo del despacho y esbozó una sonrisa de admiración. Su padre tenía muy buen gusto, desde luego.

Gemma, con su ondulado pelo rubio y su piel blanca pero bronceada por el sol, era una chica muy atractiva. Sus ojos eran del mismo azul misterioso que el mar Egeo y su boca parecía suplicar que un hombre la besara.

Sí, su apellido era italiano pero sabía que tenía sangre inglesa. Su madre había ido a Italia tal vez en busca de un marido rico, pero se había casado con un simple pescador. Aunque su familia y sus orígenes le importaban un bledo.

Una pena que aquella rubia hubiera clavado sus garras en su padre cuando estaba más débil.

Stefano apartó a Gemma de sus pensamientos mientras llamaba al departamento de contabilidad. Para entonces, todo el mundo en la compañía sabría que él ocupaba el sillón de su padre.

Y había llegado el momento de ponerse a trabajar.

–*Buongiorno*, Umberto –dijo Stefano, cuando el hombre al que conocía desde niño contestó al teléfono.

–¿Stefano? *Buongiorno* –respondió Umberto, sorprendido–. Me alegro de que hayas vuelto a la compañía.

–Estoy echando un vistazo a los documentos de contabilidad y necesito tu ayuda. El mes pasado mi padre retiró una cantidad importante de la cuenta de la empresa...

Al otro lado de la línea oyó un ruido de papeles. ¡Papeles, cuando deberían usar ordenadores!

–Sí, Cesare pidió una cantidad de dinero... –Umberto le dijo la cantidad y la fecha.

Stefano apretó los dientes. Era el mismo día que su padre y Gemma habían ido juntos a Milán.

–¿Y sabes para qué quería ese dinero?

–Yo no acostumbro a preguntar, Stefano.

–Sí, claro. Gracias, Umberto.

Había empezado a investigar el viernes anterior, pero sólo había descubierto esa retirada de dinero. En los últimos nueve meses, su padre había hecho varios viajes a Milán y siempre con Gemma Cardone. Y en cada ocasión retiraba una cantidad importante de dinero.

Evidentemente, para pagar «los servicios» de Gemma como amante. Y, considerando que ganaba un sueldo más que adecuado, debía de ser buenísima en la cama.

Ese pensamiento lo turbó más de lo que debería.

Pero Gemma era una mujer deseable y él era un italiano de sangre caliente a quien le encantaban las mujeres.

Eso era todo y no habría nada más. El no volvería a caer en las garras de una buscavidas.

Furioso, Stefano golpeó el escritorio con el puño. Gemma lamentaría haberle sacado dinero a su padre y haberle hecho tanto daño a su madre. Aún podía oír el dolor y la furia en su voz cuando lo llamó una semana antes del accidente en el que perdió la vida.

–He sido humillada públicamente –le había dicho–. ¡Estaba de compras con tu tía Althea y cuando iba a pagar en una de las tiendas me dijeron que mi cuenta estaba bloqueada!

Stefano podía imaginar cómo había ardido su sangre siciliana.

–¿Y qué ha dicho papá?

–Que no son buenos tiempos y que no me lo había dicho antes porque no quería preocuparme, pero yo sé que es mentira. El viejo tonto tiene una amante. Después de treinta y tres años de fidelidad, de repente decide tener una amante.

–¿Estás segura de eso?

–Totalmente –había contestado su madre–. Desde que contrató a esa mujer hace nueve meses, apenas me presta atención.

Esa mujer era Gemma Cardone, con su inocente sonrisa y su cuerpo seductor.

–¿Sospechas de una secretaria?

–Trabajan juntos todo el día, van juntos de viaje todos los meses. Cesare dice que no tiene intención de ampliar el negocio, ¿entonces qué significan esos viajes a Milán?

Stefano no tenía ni idea, pero las sospechas de su madre lo habían convencido para que echase un vistazo en los asuntos de Cesare. Y había sido muy fácil encontrar los viajes a Milán. Cada mes, Gemma y él iban al mismo hotel y se alojaban en una suite durante tres o cuatro días. Tenían una aventura, estaba seguro.

Tal vez su padre necesitaba una mujer joven para sentirse viril de nuevo. Esas cosas pasaban, pero Stefano no pensaba tolerar que engañase a su madre.

Si Cesare Marinetti necesitaba una amante, tendría que hacer concesiones a su esposa para calmar su orgullo herido.

En cuanto a él, no pensaba dejar que una buscavidas arruinase la empresa familiar. Pero un accidente de coche una semana antes había terminado con la vida de su madre y había estado a punto de matar a su padre también.

Stefano apoyó las manos sobre el escritorio, furioso. Había dos cosas fundamentales en su agenda: conseguir que la naviera Marinetti volviese a tener beneficios y despedir a Gemma Cardone.

Su padre debía de estar loco por ella. Y era lógico porque Gemma era más tentadora de lo que había imaginado. A pesar de saber lo que era, ni él mismo era capaz de controlar el deseo que sentía por ella. Un deseo más explosivo que la lava del Etna, más ardiente que la sangre siciliana que había heredado de su madre y que exigía venganza. Podía controlar su rabia, pero no podía controlar el deseo que sentía por Gemma y esa admisión lo enfurecía.

Ninguna mujer había tenido tanto poder sobre él. Ni siquiera la preciosa chica a la que había llevado a casa de sus padres. Entonces se sentía inseguro de su amor por ella y del amor de ella por él...

Pero no sabía que era una buscavidas hasta que sedujo a su hermano. Qué ironía que hubiera conseguido más de haberse quedado con él.

Pero había aprendido la lección y no volverían a engañarlo, especialmente la amante de su padre.

Gemma Cardone había roto el corazón de su madre y había hecho quedar a su padre como un tonto. Pero a él no le haría lo mismo.

Sin embargo, aunque deseaba vengarse, sabía que un rápido castigo no sería suficiente. No, Gemma Cardone sufriría como había sufrido su madre durante las últimas semanas de su vida.

Stefano se acercó a la ventana para mirar los astilleros de la naviera Marinetti, una empresa que había pertenecido a su familia durante varias generaciones. Los Marinetti construían barcos de calidad. Como su padre y su abuelo antes que él, Cesare había seguido una sencilla receta para conseguir el éxito: los pescadores necesitaban barcos y los puertos necesitaban ferrys. Y no veía razón alguna para desviarse de ese plan o ampliar el negocio.

Stefano sí. Él soñaba con tener un gran imperio.

Quería construir naves ecológicas. Ferrys, yates, barcos que surcasen los mares sin destruir el frágil medio ambiente.

Y el superyate sería la estrella de su compañía. Palacios flotantes para los más ricos, hechos a medida del cliente.

Su padre pensaba que esa idea era una adulteración de los principios en los que se basaba la empresa y se habían peleado por ello.

Cesare era millonario y se contentaba con moverse en cierto círculo, negándose a obedecer los caprichos de los más ricos. Y esperaba que Stefano siguiera sus pasos como los había seguido Davide.

De hecho, eran su hermano y él quienes más amargamente discutían. Por los negocios y por la mujer que se había interpuesto entre ellos.

Stefano no quiso ser el segundo en la cadena de mando cuando su padre se negó a considerar sus ideas... y menos teniendo que ver a su antigua novia embarazada de su hermano.

No le había roto el corazón, pero su orgullo se había llevado un buen golpe.

Y no lamentaba haber dejado el negocio familiar. Había hecho una fortuna por su cuenta y seguía haciéndola, pero le dolía que su padre no hubiera admitido su error y que no le hubiera felicitado en los últimos cinco años.

Suspirando, apoyó la cabeza en el cristal de la ventana. El orgullo le había impedido volver incluso tras la trágica muerte de su hermano y su familia.

Pero ahora estaba allí.

Stefano miró la puerta del despacho de Gemma con expresión impaciente. La naviera Marinetti había conseguido seguir haciendo negocio durante esos años, pero todo había cambiado.

Y había cambiado cuando su padre contrató a Gemma Cardone. Fue entonces cuando empezó a gastarse más dinero en ella que en la compañía, cuando miles y miles de euros se habían esfumado.

Stefano volvió al escritorio y se dejó caer sobre el sillón que había ocupado su padre durante tanto tiempo, abriendo el informe que le había pasado su contable. Él odiaba la mentira y Gemma había engañado a su padre.

Y debía ser tratada como merecía.

Sin esperar más, pulsó el botón del intercomunicador.

–Ven un momento, Gemma.

–Sí, ahora mismo.

¿Había detectado una nota de irritación en su voz?

Le alegraba que estuviera molesta por tener que obedecer sus órdenes. Quería que se ganara su sueldo trabajando.

–¿Necesitas algo? –le preguntó ella desde la puerta, con el cuaderno en la mano.

«Una compensación». La sangre de Stefano se calentó mientras admiraba esas curvas.

«A ti, *bella*, te necesito a ti».

Aquella atracción lo irritaba sobremanera. A él le gustaban las mujeres sofisticadas que sólo querían una relación física. No tenía ni tiempo ni paciencia para soportar a mujeres manipuladoras.

Aunque Gemma Cardone lo miraba con una expresión de inocencia que resultaba sorprendente cuando él tenía pruebas de que era una buscavidas dispuesta a llevarse todo lo que pudiera.

No le sorprendería nada que quisiera enredarlo en su telaraña, pero eso no iba a pasar.

No lo seduciría como había seducido a Cesare Marinetti. Sería una pérdida de tiempo que intentase cazarlo porque él era inmune a las artimañas femeninas.

Había querido mirarla con gesto de desprecio, pero se encontró admirando cómo la blusa caía sobre sus pechos, cómo la falda se ajustaba a sus caderas...

La sangre se arremolinó entre sus piernas al imaginarse haciendo el amor con ella sobre el escritorio y tuvo que apretar los puños, humillado, porque su cuerpo no parecía responder a las órdenes de su cerebro.

Tal vez lo mejor sería cortar toda relación con ella. Así estaría libre de tentaciones y podría dedicar toda su atención a la empresa.

Pero despedirla sería como dejar que se fuera de rositas para practicar sus artimañas en alguna otra víctima. Además, si lo hacía pronto correrían rumores de que Cesare y Stefano Marinetti eran presas fáciles.

No, tenía que dar ejemplo con ella. Quería vengarse en nombre de su madre. No podía dejar que Gemma Cardone se saliera con la suya.

Su honor y su orgullo estaban en juego y no podía olvidarse del asunto. Tenía que humillarla públicamente, cuanto antes mejor.

Stefano señaló el sillón frente al escritorio, impaciente por terminar con aquello, pero su pulso se aceleró al ver unas largas y elegantes piernas que podrían agarrarse a los flancos de un hombre en un momento de pasión...

Maledizione! Él no quería pensar esas cosas.

Y, desde luego, no quería imaginarla haciendo eso mismo con su padre. La imagen lo enfureció.

Maldita fuera aquella buscavidas.

Maldita fuera aquella bella buscavidas.

–Quiero saber para qué has ido con mi padre a Milán una vez al mes durante los últimos nueve meses.

Ella se puso pálida, sus expresivos ojos azules clavados en él. Pero enseguida irguió los hombros, como dispuesta a defenderse.

–Eso es algo entre tu padre y yo.

–No, ya no –dijo Stefano, sorprendido al ver que lo miraba como si él fuera el culpable–. Soy uno de los principales accionistas de Marinetti y mi obligación es controlar beneficios y deudas.

Gemma parpadeó, nerviosa.

–¿Entonces vas a hacerte cargo de la empresa?

–No voy a discutir mis planes contigo. Estábamos hablando de tu papel en la vida de mi padre.

–Soy su ayudante personal, ya lo sabes.

Stefano hizo una mueca. Debía de pensar que era tan ingenuo como Cesare.

–¿Tú sabías que mi padre está prácticamente en la ruina?

–Sé que ha tenido dificultades económicas últimamente...

–Pero has seguido aceptando miles de euros cada mes, aunque ya no podía permitirse esos regalos.

Gemma tragó saliva.

–No eran regalos –dijo por fin.

–¿Entonces qué eran, *señorita Cardone*? ¿Un pago por servicios prestados?

Ella levantó la cabeza y lo fulminó con la mirada.

–¿Cómo te atreves a pensar que Cesare y yo somos algo más que amigos?

–No mientas.

–Estoy diciendo la verdad. Cesare es mi jefe y un buen amigo, nada más.

Stefano apoyó las manos en la mesa, irritado.

–¿Y dónde ha ido el dinero? Sé que no te lo has gastado en ropa o en un apartamento de lujo.

–¿Y cómo lo sabes?

–He visto el apartamento en el que vives y sé que ni siquiera tienes coche. Quiero que me diga la verdad, *señorita Cardone*. ¿Por qué mi padre te ha estado dando miles de euros al mes, aparte de tu sueldo?

Ella no pudo disimular que estaba temblando, como un ciervo acorralado por lobos.

–Es... un préstamo.

–Un préstamo –repitió él. Era mentira, estaba seguro. Pero no tenía la menor esperanza de que le contara sus secretos. Aún no, al menos–. ¿Y en qué términos te hizo ese préstamo?

Gemma parpadeó varias veces, evidentemente angustiada. Tal vez no se le había ocurrido que un préstamo había que pagarlo.

–Quedamos en que sería libre de intereses durante los primeros nueve meses, así que aún no he empezado a pagar. Cesare estaba de acuerdo en que podía esperar hasta que el hotel empezase a obtener beneficios.

Stefano arrugó el ceño porque su investigación había dado como resultado que Gemma era hija de un pescador de Cinque Terre. Su única familia era una abuela que vivía en Manarolo y un hermano que tenía un problema con el juego.

No sabía que fuera propietaria de un negocio.

–¿Qué hotel?

–Un pequeño hotel en Manarolo. Lleva muchos años en mi familia, pasando de madre a hija. Como mi madre murió hace tiempo, las propietarias somos mi abuela y yo. He hecho reformas con el dinero que Cesare me prestó y está empezando a dar beneficios.

Como era lógico, ya que había puesto una pequeña fortuna en esas reformas, pensó Stefano. Un dinero que le había robado a su padre.

–Los nueve meses han terminado. ¿Dónde está el contrato para que pueda revisarlo?

–Cesare y yo tenemos un acuerdo verbal –contestó ella.

–Eso habrá que remediarlo –Stefano tuvo la satisfacción de ver que se ponía colorada–. Le pediré a Umberto que redacte los documentos necesarios. ¿Te parece bien devolver la cantidad total en un plazo de tres meses, empezando el primer día del mes?

Entonces vio un brillo de inseguridad en sus ojos.

–Sí, claro.

Había aceptado demasiado rápido, pensó. Tal vez porque había guardado parte del dinero. Pero existía una posibilidad de que desapareciera sin dejar rastro...

Y no podía dejar que eso pasara. Gemma Cardone pagaría ese préstamo y había algo que parecía valorar por encima de todo.

–Como aval, yo me quedaré con el cincuenta por ciento del hotel hasta que hayas pagado el total del préstamo.

–¡No! –exclamó ella–. No puedes hacer eso.

–¿Tienes algo más que pueda servir como aval, alguna otra propiedad?

–No, no tengo nada.

–Entonces está decidido. ¿Trato hecho? –Stefano le ofreció su mano.

Gemma lo pensó durante unos segundos.

–Sí, de acuerdo.

Aunque Stefano Marinetti se enorgullecía de ser un amante apasionado, era aún mejor en los negocios.

Y aquello era un negocio.

Al estrechar su mano se maravilló de la suavidad de su piel y la delicadeza de sus huesos. Y cuando se la llevó a los labios Gemma dejó escapar un gemido, tan sorprendida como lo estaba él mismo.

–Me sorprende, señorita Cardone. Yo esperaba algo más –Stefano la miró de arriba abajo– personal.

–¿Qué podría ser más personal que darle el cincuenta por ciento del negocio de mi familia?

–Tú –dijo él, con una sonrisa en los labios–. Pero agradezco que no hayas hecho la oferta porque habría rechazado tus favores.

De hecho, había querido hacerlo para que Gemma supiera que no podía engatusarlo, para que supiera que él estaba al mando.

–Yo no hago ese tipo de ofertas –replicó ella, levantándose–. Eres un canalla.

–No, sencillamente juego para ganar. Si no puedes hacer el primer pago, me quedaré con el hotel de tu familia.

Entonces lamentaría el día que había decidido engañar a su padre y él tendría la satisfacción de hacerle el mismo daño que ella le había hecho a su familia.

—Tendrás el primer pago en la fecha que hemos acordado —afirmó Gemma.

—Eso espero, *bella*, ya que hoy es día uno —Stefano vio un brillo de auténtica perplejidad en sus ojos—. Eso es, Gemma, hoy debes hacer el primer pago.

—Pero eso no puede ser...

—Te aseguro que sí. Tienes hasta medianoche para cumplir con los términos del contrato. No te molestes en pedir una extensión o un cambio en las condiciones porque la respuesta será una negativa. Recuerde eso, señorita Cardone.

Capítulo 3

NO HABÍA muchas posibilidades de olvidar que aquel arrogante estaba a cargo de la empresa, desde luego.

—Pero faltan menos de doce horas —protestó Gemma.

Stefano se encogió de hombros.

—Llevas meses debiendo ese dinero. ¿Admites que no puedes pagarlo?

—No, en absoluto. Tendré el dinero esta noche.

Gemma desearía estar tan segura como quería darle a entender, pero no era así.

Tenía algo de dinero en el banco y esperaba que su hermano pudiera prestarle el resto. No debería ser un problema porque le había dicho recientemente que su negocio de pesca iba bien.

Pero, aunque pudiese pagarle esa noche, tendría que hacer otro pago en treinta días y otro después. Aquello era una pesadilla.

No podía seguir pidiéndole dinero prestado a su familia. No, su único recurso sería pedir un préstamo al banco. Al menos allí le darían más facilidades y no tendría que soportar las insinuaciones de Stefano Marinetti.

Estar en deuda con Stefano era demasiado para ella. Incluso estar en la misma habitación le resultaba insoportable.

Desde el funeral de la *signora* Marinetti, cuando lo vio entre la gente, le había resultado difícil apartar la mirada. Había sabido desde el principio que su presencia allí sería un problema, pero jamás se le hubiera ocurrido imaginar que iba a tocarla personalmente.

—Si puedes hacer el pago, habrá que celebrarlo —dijo Stefano entonces, su voz tan sensual como una caricia de seda sobre su piel.

—No creo que sea necesario.

O deseado.

Cuanto menos tiempo estuviera en su compañía, mejor para todos.

—Insisto en hacerlo.

—Muy bien —murmuró Gemma, irritada—. ¿Necesitas alguna cosa más?

—No, *bella*, eso es todo.

El cariñoso apelativo debía de ser una broma. Pero sólo era una palabra para él, seguramente la usaba para seducir a las mujeres todo el tiempo.

Y Stefano Marinetti sabía cómo seducir a una mujer, estaba segura.

Gemma salió del despacho con las piernas temblorosas. Y, aunque habría querido salir corriendo, se contuvo. Se negaba a darle esa satisfacción.

Era imperativo que siguiera trabajando como si no pasara nada. Como si su futuro no dependiera de poder hacer el pago esa noche.

—Una cosa más —dijo Stefano cuando había llegado a la puerta—. Reserva mesa en Gervasio.

—Ya tengo planes para cenar.

—Cancélalos —dijo él, con tono autoritario.

Todo estaba ocurriendo a tal velocidad que Gemma

sentía estar perdiendo el control y cerró la puerta a toda prisa. Que aquel hombre creyera que se iba a prostituir la enfurecía... pero él la creía algo más que la secretaria de su padre.

Y no podía defenderse sin revelar el secreto de Cesare. Aquella situación no podía empeorar más.

Cuando miró el reloj tuvo que suspirar. No era mediodía siquiera y ya tenía la impresión de haber estado trabajando una jornada completa, pero intentó calmarse. En cualquier otra ocasión le habría encantado cenar en un restaurante tan famoso como Gervasio. Ahora, sin embargo, le parecía el sitio donde podría perderlo todo.

¿Pero qué otra cosa podía hacer más que seguir adelante?

El dinero que Cesare sacaba de la cuenta cada mes era para cuidar de Rachel, pero no podía contárselo a Stefano. No confiaba en que cuidase de la niña.

Por eso le dijo que había sido un préstamo para el hotel... pero ahora Stefano era propietario del cincuenta por ciento.

Si pudiera decirle la verdad... pero aquel hombre había abandonado a su familia y no parecía entender el concepto. Nada parecía importarle más que el dinero y el poder.

Se había hecho cargo de la empresa de su padre y, sin la menor duda, cambiaría la naviera Marinetti para siempre. Y en lo que se refería a Rachel, Cesare no contaba con nadie que pudiese ayudarla. Sólo con ella.

Gemma haría cualquier cosa por Cesare y Rachel y, por eso, tenía que aceptar las condiciones de Stefano. Si Cesare no confiaba en que su hijo cuidase de Rachel, tampoco podía hacerlo ella.

«Cuida de Rachel hasta que yo pueda volver a hacerlo», le había pedido su jefe.

¿Pero cuándo volvería? ¿Cómo iba a pagar esa deuda todos los meses? Y lo más importante de todo: ¿cómo iba Cesare a seguir pagando el caro tratamiento de Rachel si estaba al borde de la ruina?

Angustiada, tomó el teléfono para llamar a su hermano. Desde que empezó a trabajar para Cesare y se mudó a Viareggio apenas había visto a Emilio. Y hablar por teléfono no era fácil porque su hermano pasaba mucho tiempo en el mar, a menudo fuera de cobertura. Y debía de estar trabajando en aquel momento porque no lograba localizarlo.

Mientras colgaba el teléfono pensó que era una ironía que lo llamase para pedirle un préstamo. Cuánto habían cambiado las cosas.

Dos años antes era Emilio quien la llamaba para pedir dinero. Su adicción al juego le había causado a su padre un gran dolor, pero después de pasar una temporada en una clínica de rehabilitación por fin había sentado la cabeza. Y, además de dejar el juego, se había casado.

Tras la muerte de su padre, Emilio se había hecho cargo del negocio y su mujer ayudaba a la abuela con el hotel. Su hermano le había dicho que el dinero que enviaba para las reformas había cambiado su vida y Gemma estaba deseando ver los cambios que habían hecho, pero sus obligaciones con Cesare habían impedido que fuese a visitarlos.

Y ahora, debido a la promesa que le había hecho

a su jefe, podía perder la mitad del hotel que tanto había luchado para salvar. Sin pararse a pensar, Gemma llamó al director del banco que llevaba los asuntos de la naviera.

Como esperaba, el hombre estaba más interesado en la salud de Cesare que en otra cosa, pero Gemma consiguió arrancarle la promesa de que estudiaría el préstamo. Al menos era un buen principio y tendría treinta días para encontrar una solución.

Pero pensar en la suma la mareaba. Suspirando, enterró la cara entre las manos. Nunca terminaría de pagar esa deuda.

Pero recordar la carita de Rachel fue todo lo que necesitaba para convencerse de que hacía bien. Además, era lo único que podía hacer.

En ese momento sonó el intercomunicador y Gemma se mordió los labios.

—Sí —contestó, intentando disimular su enfado.

—Tengo reuniones con el supervisor del astillero y otros jefes de departamento durante todo el día. Avísame cuando llegue el primero.

—Sí, claro —dijo ella, aliviada al saber que no tendría que soportar su compañía.

—He pedido que traigan unos aperitivos. Por favor, avísame cuando llegue la empresa de catering.

—Lo haré —dijo Gemma, con los dientes apretados.

El encargado del catering acababa de marcharse cuando llegó el supervisor del astillero. Invitar a los empleados a tomar algo era un gesto amable, debía reconocer, pero ella no quería pensar que Stefano fuera amable cuando estaba siendo todo lo contrario con ella.

Gemma intentó olvidar el rostro de Stefano Marinetti, su sonrisa y su autoritaria actitud. ¿No lo haría a propósito para ponerla nerviosa?

Aprovechó para llamar a su hermano de nuevo pero, como antes, Emilio no contestaba al móvil. Y si no podía localizarlo y tener el dinero para esa noche perdería el hotel...

Afortunadamente, su hermano contestó por fin.

—Llevo todo el día intentando hablar contigo. ¿Estabas en el mar?

Al otro lado de la línea hubo una pausa.

—Sí, estaba fuera. ¿Ocurre algo?

Gemma estuvo a punto de soltar una carcajada porque la lista de problemas era interminable.

—¿Cómo va el negocio?

—He tenido mala suerte, ya sabes cómo son estas cosas.

Lo sabía porque su padre no siempre había logrado poner comida en la mesa. Y fue mucho peor cuando su madre murió porque entonces se sentía solo, perdido.

—Sí, no lo he olvidado —murmuró, armándose de valor para decir lo que tenía que decir—. Emilio, tengo que pagar un préstamo y ahora mismo carezco de medios para hacerlo. Necesito que me ayudes, pero te lo devolveré el mes que viene.

Aunque ella lo había ayudado a reflotar el negocio de la pesca, nunca le había pedido que le devolviese el dinero, de modo que estaba segura de que su hermano iba a ayudarla.

—¿Cuándo tienes que pagarlo?

—Esta noche. ¿Puedes dejarme dinero?

Al otro lado de la línea hubo una pausa que la angustió aún más.

—Te llevaré el dinero, pero tendrá que ser tarde. ¿De acuerdo?

—Sí, claro. Tengo hasta medianoche —dijo ella—. Voy a cenar con Stefano Marinetti en Gervasio a las diez. Si a las once no has podido llegar, por favor llámame.

—Te veré allí alrededor de las diez.

Gemma oyó un ruido de campanitas... unas campanitas que siempre asociaba con máquinas tragaperras y casinos.

—Emilio, ¿has vuelto a jugar? —exclamó, agarrándose al teléfono como a un salvavidas. Pero su hermano ya había colgado.

¿Eran campanitas de máquinas tragaperras? ¿Habría vuelto Emilio al vicio que había estado a punto de destruir a su familia?

No, tenía que ser un error. Había estado pescando, él mismo se lo había dicho. Tal vez lo que había oído eran las campanas de alguna barcaza... sí, tenía que ser eso.

Todo iría bien, intentó convencerse a sí misma. Emilio le prestaría el dinero y el director del banco le daría el resto. Y tal vez Cesare podría ayudarla también. ¿Pero y si no se recuperaba?

Esa pregunta la hizo temblar. Le había prometido a Cesare guardar el secreto y cuidar de Rachel mientras él estaba en el hospital, pero no había pensado que ella misma tendría que pagar los gastos. Y era una cantidad enorme porque Cesare insistía en que Rachel tuviera los mejores cuidados. Pero Gemma no podía negárselo; la niña había sufrido demasiado en su corta vida.

Si Stefano pusiera a la familia por delante de todo como hacía su padre... pero llevaba allí menos de un día y ya había cambiado tantas cosas. Había oído a los jefes de departamento protestar por el pasillo cuando salían de su despacho.

No, no tenía más remedio que hacer aquello sola.

−¿Has comido? −Stefano asomó la cabeza en su despacho y Gemma se sobresaltó al verlo.

−No, aún no −contestó, ordenando el escritorio para hacer algo con las manos−. Se me ha pasado el tiempo volando.

Él se acercó al escritorio. Estaba tan cerca que podía respirar el aroma de su colonia, casi sentir su aliento en el cuello.

−Ven a mi despacho, quiero dictarte una carta −le dijo, poniendo una mano en el respaldo del sillón y rozándola al hacerlo.

Gemma se levantó a toda prisa, sin importarle que su aversión hacia él fuese tan evidente.

Pero no parecía ofendido, al contrario. Le pareció ver un brillo de burla en sus ojos.

Stefano se había quitado la chaqueta y subido las mangas de la camisa y, aunque Gemma no quería fijarse en sus masculinos antebrazos cubiertos de vello oscuro, le resultaba imposible no hacerlo.

Podía ver una mata de vello asomando por el cuello abierto de la camisa y no pudo dejar de preguntarse si sería suave al tacto, si tendría los músculos firmes.

Stefano podría haber sido modelo para una estatua

clásica y cuando decidía mostrarse encantador, sencillamente la dejaba sin aliento.

¿Cómo iba a trabajar con un hombre que la dejaba sin respiración? No podía hacerlo, pero tampoco podía permitirse el lujo de renunciar y buscar otro trabajo cuando tenía aquella deuda sobre su cabeza.

Era una situación insostenible.

Stefano era un hombre increíblemente atractivo y sexy, pero también dominante y autoritario. Y un hombre al que ni su propio padre se había atrevido a confiarle un secreto.

Sobre su escritorio había un montón de carpetas de archivo. Evidentemente, estaba revisando los asuntos de Marinetti con lupa, pensó.

¿Qué le habría dicho al supervisor y a los jefes de departamento? Imaginaba que los que se habían ido con una sonrisa en los labios consideraban que sus puestos estaban asegurados, ¿pero y los otros, los que habían salido maldiciendo y protestando?

No quería ni imaginar qué les habría dicho Stefano sobre su futuro en la empresa Marinetti.

—Lamento mucho que apenas queden aperitivos —dijo él, atrapándola entre la silla y el escritorio.

—No importa, tomaré unas uvas. La verdad es que no tengo hambre.

Gemma alargó una mano para tomar una uva, pero él fue más rápido.

«Apártate», le decía una vocecita. Pero sus piernas se negaban a obedecerla. Frustrada, se volvió para mirarlo, pero fue un error porque se le quedó la boca seca al ver el brillo de deseo en sus ojos. Ningún hombre la había mirado así, nunca.

Era sorprendente, emocionante. Y tan tentador.

Su cuerpo irradiaba calor y el aroma de su colonia parecía envolverla...

Nunca había sentido algo así y no quería sentirlo precisamente por el hijo de Cesare.

–Permíteme, *bella*.

–No, yo no...

Stefano pasó la uva por sus labios, lenta, sensualmente, y la protesta murió en su garganta.

Sentía un deseo tan poderoso que temió que le fallasen las piernas. Le gustaría apoyarse en él, dejarse llevar por la promesa que veía en sus ojos y olvidarse de todo.

Pero la parte de su cerebro que no estaba drogada de deseo le advirtió que aquél era terreno peligroso. Y, sin embargo, abrió los labios para tomar la uva de sus dedos, incapaz de evitarlo.

–Rica, ¿eh? –murmuró él, rozando su labio inferior con el dedo.

Gemma asintió con la cabeza mientras el deseo estallaba entre sus piernas. Aquélla era una faceta de Stefano que no había visto hasta entonces. Daba igual que se mostrase tan arrogantemente seguro de sí mismo, daba igual que estuviera en posición de hacerle la vida imposible o que fuera a hacerse cargo de Marinetti... y de ella.

–Debes probar la ensalada de fruta –le dijo, tomando una fresa de la bandeja para llevarla a sus labios.

Gemma la mordió porque no podía hacer otra cosa, pero cuando el dulce néctar de la fruta bajó por su garganta, Stefano volvió a acariciar su labio inferior con el dedo y un incendio se declaró en sus entrañas, extraño y emocionante.

Intentaba controlar ese absurdo e inadecuado deseo, pero cuando lo miró a los ojos sintió que estaba perdida.

Aquello era pasión, cruda, desnuda pasión.

Apretó el cuaderno contra su pecho como un escudo, pero su corazón latía con tal fuerza que temía que él pudiese oírlo.

—¿Querías dictarme una carta?

—He cambiado de opinión —dijo Stefano, con los ojos oscurecidos—. Es casi la hora de marcharse.

Algo que Gemma deseaba hacer en aquel momento más que nada en el mundo. Sí, podría escapar de la dominante presencia masculina durante un rato, pero sería un breve respiro porque debía cenar con él esa noche.

—¿Necesitas algo antes de que me marche? —le preguntó.

—¿Marcharte? Pero si tu trabajo no ha terminado.

—Pero acabas de decir...

—Como te he explicado antes, tendrás que dividir tu tiempo entre Marinetti y Canto di Mare.

Gemma se mordió los labios, deseando negarse. ¿Pero cómo iba a hacerlo? La secretaria de Stefano estaba de vacaciones y Cesare no la necesitaba. Combinar ambos puestos era lo más lógico.

Pero eso la obligaba a estar en su compañía más horas de las que podría soportar.

—¿Hasta qué hora tendría que trabajar? —le preguntó.

—Dos o tres horas a lo sumo —respondió él, mientras se ponía la chaqueta—. ¿Algún problema?

¿Algún problema? Había demasiados como para poder contarlos.

Gemma miró la falda y la blusa que había llevado aquel día a la oficina.

—Tengo que volver a casa para cambiarme de ropa. No puedo ir a cenar así.

—No hay tiempo.

—¿Esperas que vaya con esto?

En lugar de contestar, Stefano la miró de arriba abajo. Su expresión era una mezcla de indignación y deseo que Gemma no entendía y no le gustaba nada.

Pero luego miró su reloj, con ese gesto impaciente suyo.

—Es hora de irnos a Livorno.

Ella no se molestó en esconder su irritación mientras entraba en su despacho para tomar el bolso. ¿Iba a tener que soportar que le dijera lo que debía ponerse y dónde iba a cenar?

Entonces vio la carpeta guardada en su escritorio. No podía dejar allí los documentos secretos de Cesare...

No se atrevía a llevarla con ella si iba a estar con Stefano, de modo que la guardó al fondo del archivo y cerró la puerta. Nadie más que ella tenía la llave.

Los secretos de Cesare y sus propios secretos estarían a salvo esa noche y al día siguiente llevaría la carpeta a su apartamento.

E intentaría empezar con mejor pie. Al día siguiente, Stefano no tendría tanto poder sobre ella.

Capítulo 4

STEFANO llevó a Gemma hasta su Alfa Romeo plateado, que brillaba como un diamante bajo el sol. Pero el lujoso coche palidecía en comparación con la belleza que llevaba del brazo.

Sospechaba que estaba tensa por la aversión que sentía hacia él. O por el sentimiento de culpa. Tenía que ser eso porque él era un hombre generoso que, sencillamente, se había hecho cargo del negocio de su padre.

Las mujeres lo adoraban y él adoraba a las mujeres.

Pero detestaba a las personas manipuladoras.

Gemma Cardone era definitivamente una mujer manipuladora que había seducido a su padre a cambio de dinero.

Por el momento, no había intentado seducirlo a él. De hecho, había parecido horrorizada al saber que iba a ser su secretaria. ¿Habría tenido razón al pensar que se habría marchado para no pagar el «préstamo»?

Con qué facilidad mentía. No había ningún préstamo, pero ella lo había inventado para no reconocer que era la amante de su padre. Tal vez se había dado cuenta de que él no sería una presa tan fácil como

Cesare o tal vez no había intentado seducirlo porque imaginaba que él no aceptaría las sobras de su padre.

O tal vez no era por ninguna de esas razones.

Stefano había ido a la naviera Marinetti con una cosa en mente: vengarse. En lugar de mostrarse encantador había sido brusco y exigente... ¿qué mujer querría calentar la cama de un tirano así?

Su única excusa era que aún le pesaba el corazón por la muerte de su madre.

¿Por qué había tenido que sufrir su padre un infarto mientras iba conduciendo? ¿Por qué no lo había sufrido cuando estaba en Milán con Gemma?

¿Por qué había muerto su madre en lugar de su amante?

No había respuestas a esas preguntas y él lo sabía.

Pero era su obligación proteger a su padre contra las artimañas de Gemma y honrar el último deseo de su madre: librarse de Gemma Cardone.

Ése era su único interés, no tenía la menor intención de caerle bien. Entonces, ¿por qué había estado en sus pensamientos todo el día, con sus ojazos y su temblorosa sonrisa? ¿Por qué se excitaba cada vez que estaba cerca?

Maledizione! Le daba igual lo que Gemma pensara de él. Lo único que quería era que pagase su deuda y, una vez hecho eso, la despediría. Y a partir de entonces no sería más que un desagradable recuerdo.

Sí, dependía de él levantar el negocio de su padre y asegurarse de que Gemma Cardone no volviera a acercarse a un Marinetti.

Orgullo y honor, él entendía bien esos dos conceptos.

Pero cuando Gemma subió al coche y su falda se levantó, permitiéndole ver unos muslos firmes, sintió una furiosa punzada de deseo. Aunque era lógico que la encontrase atractiva. Él era un italiano de sangre caliente y ella una mujer provocativa. Él amaba y respetaba a las mujeres y le gustaba hacer el amor con ellas... y quería hacer el amor con Gemma.

Aunque no podía respetarla por el dolor que había llevado a su familia, lo atraía físicamente como ninguna otra mujer.

Muy bien, tal vez era más que eso. En realidad, lo sorprendía que hubiera podido mantener una aventura con su padre durante nueve meses sin que nadie se enterase, pero que fuese tan astuta era otra razón para librarse de ella lo antes posible.

Stefano cerró la puerta del coche con más fuerza de la que pretendía y masculló una maldición cuando el ruido hizo eco en el aparcamiento vacío. Pero ella no pareció asustarse. Al contrario, se limitó a levantar una burlona ceja, como castigándolo por su falta de control.

Y eso hizo que le hirviera la sangre.

Para estar a punto de perder el hotel de su familia, parecía sospechosamente tranquila. Debía haber conseguido el dinero para hacer el primer pago, pensó.

Muy bien, la dejaría ganar el primer asalto. Pero ésa sería su última victoria.

Irritado, arrancó el coche y salió del aparcamiento a toda velocidad. Pero el placer que solía obtener de conducir un automóvil tan lujoso se había esfumado.

Gemma ocupaba todos sus pensamientos.

Estaba seguro de que ella era la razón por la que sus padres habían discutido; una discusión que terminó con el infarto de su padre y el accidente que mató a su madre.

Y haría bien en recordarlo.

Stefano apretó el volante y, por un momento, se preguntó si habría cometido un grave error. Cuando le habló del dinero que había aceptado de su padre, el «préstamo» según ella, había esperado que Gemma se delatase. Pensó que le haría alguna proposición para que perdonase la deuda, pero no la había hecho.

Jamás se le ocurrió imaginar que se ofrecería a pagarla. Y si conseguía hacer frente a los pagos, ¿dónde estaba la venganza?

No, no la dejaría escapar tan fácilmente. Tenía que hacerle daño como ella le había hecho daño a su familia. Y el hotel parecía ser la clave.

El hotel que había reformado con el dinero de su padre.

Pero ni siquiera eso era suficiente.

No, él quería humillarla públicamente, quería que todo el mundo viese que era una estafadora.

Sólo entonces se sentiría vengado y sólo entonces el honor de su madre sería restaurado.

Sí, seguiría siendo su secretaria, aunque eso significase alargar las vacaciones de la suya porque así sería más fácil dar la impresión de que Gemma era algo más que su empleada.

Sólo tendría que ser menos circunspecto y más atento. Controlar su ira para coquetear con ella.

Los rumores no tardarían mucho en correr como la pólvora, creando un romance que nadie sabría que era falso. Y si ella empezaba a creer que estaba seduciéndolo, mejor que mejor.

Ver que empezaba a hacerse ilusiones para aplastarlas después sería una venganza más satisfactoria.

–Un amigo mío tiene una boutique en Pisa –le dijo mientras entraban en la autopista–. Seguro que allí encontraremos un vestido de cóctel.

–No veo ninguna razón para comprar un vestido cuando tengo ropa en mi casa –replicó ella, mirándolo con cara de sorpresa.

¿Ropa elegante que su padre le habría comprado o ropa discreta como la que llevaba? No, Gemma era muy inteligente. Había rechazado llevar ropa lujosa y la relación había seguido sin que nadie supiera nada. Muy astuta.

–Considéralo un regalo por tu dedicación a mi padre y a la empresa Marinetti.

Gemma no dijo nada, pero su expresión le decía que aquello no le gustaba.

Stefano sonrió. Cuando terminase con ella, todo el mundo sabría que era su amante.

Gemma se miró al espejo del probador, intentando olvidar la risa de Stefano, que charlaba con el diseñador y las dependientas al otro lado, flirteando descaradamente mientras tomaba una copa de champán.

Era como un director de orquesta, controlándolo todo a su alrededor...

Su atractivo era tan poderoso que había tenido que apartar la mirada para romper el hechizo. ¿Pero cómo podía encontrar atractivo a un hombre tan arrogante, tan tiránico?

Le molestaba que Stefano diera la impresión de

que estaban juntos como pareja, pero protestar sólo habría servido para llamar la atención, de modo que se encerró en el probador para ponerse la selección de vestidos que Stefano Marinetti había elegido para ella.

El vestido de cóctel azul le quedaba perfecto, el color destacando sus ojos azul verdoso y la complexión clara que había heredado de su madre inglesa.

El escote dejaba al descubierto más de lo que ella quería, pero también el colgante que su padre le había regalado.

Gemma sonrió mientras tocaba la joya, suspendida de una cadenita de oro. ¿Durante cuánto tiempo habría ahorrado para poder comprarle el diminuto diamante? ¿Meses, un año tal vez?

Parecía insignificante comparado con aquel vestido que debía de valer el sueldo de varios meses, pero el amigo de Stefano era Vanni, un famoso y carísimo diseñador.

–Ah, veo que llevas una joya –dijo Stefano desde la puerta del probador–. No me había fijado.

–¿Cómo te atreves a entrar sin llamar? –le espetó Gemma, indignada.

–Pronto descubrirás que me atrevo a muchas cosas. Pero veo que el vestido te queda perfecto.

–Yo no suelo llevar escotes tan pronunciados.

–Pues deberías. Es una pena esconder tanta belleza.

–No hace falta que me halagues. Estoy segura de que coqueteas con todas las mujeres que se cruzan en tu camino.

–Sólo con las que lo merecen –dijo él, con una

sonrisa que la hizo temblar por dentro. Era una sonrisa que desarmaría a cualquiera y que lo transformaba en un seductor irresistible.

Stefano alargó una mano para acariciar su mejilla y el control que Gemma intentaba mantener se rompió en pedazos.

—Eres preciosa, *cara mia*.

Gemma tuvo que agarrarse a la puerta del probador. ¿Qué le pasaba? Era increíble que lo encontrase tan atractivo. Odiaba el poder que tenía sobre ella, lo odiaba a él por entrar en su tranquila vida como una tromba.

—Gracias, pero me gustaría probarme otra cosa más discreta —le dijo. Algo que no la hiciera sentir sofisticada y deseable.

—No hay tiempo. Vamos.

Gemma se mordió los labios, sin saber si protestar o ir como una oveja al matadero.

—Me niego a salir de aquí con este vestido.

—Muy bien, cámbiate, pero hazlo rápido por favor —Stefano salió del probador, pero el aroma de su colonia se quedó allí.

Gemma respiró profundamente, furiosa, excitada y absolutamente desconcertada. Vulnerable y sola.

Pero debía calmarse. Pronto estarían en el restaurante, rodeados de gente, y su hermano no tardaría mucho en ir para darle el dinero.

¿Y si Emilio no aparecía?

Se negaba a pensar eso mientras volvía a ponerse su ropa y salía del probador con el vestido en la mano.

No quería que Stefano le comprase nada. Aquel vestido era carísimo y demasiado revelador como para llevarlo a la oficina. ¿Y por qué le compraba ropa cuando sabía que estaba en deuda con él?

En cualquier caso, Stefano insistió y la dependienta guardó el vestido en un portatrajes.

Mientras iban a la oficina en el Alfa Romeo se encontró admirando las islas de Liguria, como esmeraldas flotando en el mar.

Seguramente cualquiera que los mirase pensaría que eran una pareja normal. Pero sólo era una ilusión.

No había nada normal en estar con Stefano; la cuestión era cómo terminaría la noche. ¿Con ella liberándose de sus garras o más firmemente atrapada?

Instintivamente, se llevó una mano al cuello, un gesto que se había convertido en una costumbre cuando estaba nerviosa. Pero jugar con el colgante delataría su nerviosismo y Stefano lo usaría contra ella.

−¿Tu empresa está en Livorno?

−Las oficinas y el astillero, sí −contestó él−. El casco del nuevo yate que ha construido Canto di Mare está terminado y esperando mi aprobación.

−¿Otro enorme yate navegando por el Mediterráneo?

Él rió, un rico sonido que tenía el poder de tranquilizarla un poco.

−Veo que has adoptado el punto de vista de mi padre.

−Sí, vemos las cosas de la misma forma.

−¿Qué cosas?

−Por ejemplo, pensamos que muchos de los millonarios que encargan yates a medida deberían usar ese dinero para algo más útil.

Stefano arrugó el ceño.

–No todos los millonarios tienen una vena filan-trópica.

–Pues es una pena.

Cuando pensaba en la cantidad de cosas que se podrían hacer con el dinero que tiraban algunas de esas personas se ponía enferma.

–Supongo que habrás hablado de este asunto con mi padre.

–No tengo que hacerlo.

–¿Qué quieres decir?

–Que tu padre es un hombre generoso y honesto –contestó Gemma. Y eso pareció enfurecerlo.

Ella volvió la mirada hacia el puerto y consiguió llevar algo de aire a sus pulmones.

Se veían pocos barcos de pesca entre los lujosos yates, pensó. El antiguo modo de vida había ido de-sapareciendo poco a poco y, con él, muchos valores que habían sostenido a esa zona durante siglos. Y lo mismo se podría decir de hombres como su padre o Cesare.

Se había sentido cómoda con Cesare desde el prin-cipio. No era sólo su jefe, sino un amigo con el que podía hablar de sus preocupaciones y sus miedos. Él la escuchaba y aplaudía su valentía y su compasión.

Gemma lo quería, lo respetaba y haría lo que fuese para protegerlo. ¿Pero quién la protegería a ella de Stefano Marinetti y su ardiente sensualidad?

Stefano aparcó el coche y la miró con una sonrisa burlona, seguramente para ponerla nerviosa. Después de todo, ella era un pez pequeño y él un tiburón que podría tragársela entera.

–Tenemos muchas cosas que hacer y poco tiempo

–le dijo mientras bajaba del coche y tomaba el portatrajes.

Debía esperar que se cambiase de ropa en su oficina. Lo que daría por una ducha...

–Imagino que tendrás una lista de cosas que hacer.

–Sólo tienes que comprobar los mensajes y encargarte de la correspondencia.

Típicas obligaciones que cualquier otra secretaria podría haber hecho, pensó ella. No había ninguna razón para que monopolizase su tiempo y temía que tuviera algo que ver con Cesare.

Stefano era un hombre egocéntrico a quien no parecía importarla nada ni nadie. Y menos que nadie su familia, a la que había abandonado cinco años antes.

Pero ahora estaba a cargo de la naviera Marinetti y seguramente querría cambiarla de arriba abajo para dejar su marca.

De no ser por la promesa que le había hecho a Cesare se marcharía en aquel mismo instante, pero no podía confiarle el cuidado de Rachel a Stefano.

Con el portatrajes colgando de un dedo, él la guió hasta el edificio, amplio y nuevo, pero absolutamente silencioso. Algo lógico ya que no eran horas de trabajo.

Gemma miró las oficinas con gesto de envidia: nuevos ordenadores, nuevos teléfonos y sillas ergonómicas que parecían comodísimas. Pero Stefano tenía dinero para tales lujos.

Cesare tenía una hija enferma a la que debía cuidar y no ponía el dinero antes que el honor.

Qué diferente sería todo si Stefano fuese un hombre tan comprometido con la familia como lo era su padre.

Entonces lo encontraría irresistible. Incluso podría dejarse llevar por la atracción que parecía haber entre los dos porque le resultaría imposible decir que no.

Si Stefano fuera como Cesare sería tan fácil enamorarse de él...

Pero Stefano no era como su padre, sino un arrogante y un egoísta, un hombre sin alma.

Los hombres como él no se casaban con chicas de clase trabajadora como ella, las convertían en sus amantes.

—¿Ocurre algo?

Gemma negó con la cabeza.

—No, es que estoy cansada. Ha sido un día muy largo.

—Pues aún no ha terminado —Stefano la llevó a un enorme despacho que era, evidentemente, su territorio y dejó el portatrajes sobre un sofá de piel—. Si quieres arreglarte un poco, puedes hacerlo en ese cuarto de baño —le dijo, señalando una puerta.

Gemma miró los fabulosos ventanales desde los que podía ver el mar hasta donde terminaba el horizonte.

—Tienes una vista fabulosa.

Stefano se encogió de hombros.

—No es aburrida, desde luego.

Qué típico de un playboy como él no apreciar las cosas que tenía, pensó, deseando que aquel día terminase de una vez. Y a partir del día siguiente no sería más que su secretaria hasta que Cesare volviera del hospital.

–Ése es el despacho de mi ayudante personal –dijo Stefano, señalando un despacho anexo–. Por favor, revisa el correo y tráeme lo que necesite atención urgente.

–Muy bien.

Stefano miró su reloj.

–Volveré en media hora.

Cuando salió del despacho, Gemma miró la montaña de cartas que había sobre el escritorio. Era tres veces la cantidad que recibía Cesare cada día, pero al menos el tiempo pasaría rápidamente, pensó.

Quince minutos después había terminado de ordenar la correspondencia y decidió darse una ducha antes de que Stefano volviera.

Mientras atravesaba el despacho vio un cuadro de Laurus Murano y un óleo de Alberto Sughi... y se fijó en los muebles, todos clásicos y de la mejor calidad.

Pero cuando iba a cerrar la puerta del baño se dio cuenta de que no tenía cerrojo.

Vaciló, sin saber qué hacer, pero Stefano había dicho que volvería en media hora... de modo que tenía tiempo de darse una ducha.

Mientras estaba bajo el refrescante chorro de agua no quería pensar en él, pero no podía dejar de recordar esos ojos magnéticos que adoraban y castigaban al mismo tiempo.

La enfadaba que esa imagen invadiera sus pensamientos. ¿No podía bloquear su recuerdo de una vez?

Salió de la ducha y se envolvió en una toalla enorme que pareció tragársela. Debía de haber sido encargada especialmente para él, pensó. Pero ese pensamiento la excitó de nuevo. Stefano era tan alto, tan atlético...

¿Cómo podía desear a un hombre al que no respe-taba?

Suspirando, se puso el vestido de cóctel. Odiaba que Stefano hubiera insistido en comprarlo, pero de-bía reconocer que era precioso. Ella no tenía nada tan bonito en su armario.

Le pagaría el vestido, pensó, aunque tardase años en hacerlo. No quería estar en deuda con él.

Cuando salió del baño Stefano estaba apoyado en la pared, recorriéndola de arriba abajo con la mirada y deteniéndose en su boca, sus pechos y entre sus piernas.

Gemma sintió un extraño cosquilleo en el vientre. Sabía que debería apartar la mirada, pero era incapaz de hacerlo. Incluso el aire parecía estar cargado de una energía especial. Aquello era deseo, sensual, ten-tador.

Tan tentador.

Y tan peligroso.

Stefano Marinetti era el paradigma del seductor italiano, el típico playboy que siempre tenía una mu-jer del brazo.

Y ella sabía que esos hombres convertían la se-ducción en una forma de arte. Podían hacer que una mujer se sintiera la más bella del mundo, la única.

Stefano era el tipo de hombre con el que soñaban las chicas y al que temían sus padres. Tomaría lo que quisiera de una mujer y después, cuando se cansara de ella, la dejaría plantada.

—*Bella*, me dejas sin aliento.

—Gracias —murmuró ella, con serias dificultades para respirar—. Pero estás exagerando.

–No, en absoluto.

Gemma no sabía qué decir. Típicamente italiano, Stefano podía discutir amargamente con alguien y seducirlo un minuto después.

–Soy afortunado por tenerte como acompañante esta noche.

¿Cómo podía hacerle olvidar la importancia de esa noche para su futuro?, se preguntó Gemma.

–¿No deberíamos ir a Viareggio?

–Antes tengo que hacer algo que he querido hacer desde que nos conocimos.

Stefano se apartó de la pared con la gracia de un predador en busca de su presa. Y esta vez no había duda de que estaba haciéndole el amor con los ojos. No había duda de que veía su propio deseo en el brillo de los ojos oscuros.

–¿A qué te refieres? –murmuró Gemma, incapaz de moverse.

Stefano alargó una mano para acariciar su pelo. Iba a besarla.

Aunque sabía que debería salir corriendo, su cuerpo se inclinaba instintivamente hacia él.

–No –musitó. Era una débil protesta, pero no podía hacer más mientras Stefano se apoderaba de su boca. Y habría caído al suelo si él no estuviera sujetándola.

La besaba con una intensidad que la asustaba y la excitaba al mismo tiempo porque sabía que, si despertaba su apetito sensual, no sería capaz de detenerlo. Se rendiría al beso, a sus caricias, a los fuertes brazos que la sujetaban.

Gemma puso las dos manos en el torso de Stefano

para terminar con aquella locura. Pero, en lugar de empujarlo como había querido, sus dedos se perdieron en la seda de su camisa.

–*Bella* –murmuró, sin dejar de besarla.

Era tan grande, tan poderoso. Tocarlo era como tocar el sol, erótico, ardiente. Gemma no podía pensar en nada más que en el placer que sentía con sus besos.

Ella no era una ingenua, pero nunca la habían besado así, con aquel duelo de lenguas, tan apasionado, tan terrenal.

De repente, Stefano era el centro del universo, el sol que calentaba su sangre y tuvo que echarle los brazos al cuello para no perder el equilibrio.

Stefano sujetaba su cabeza con una mano mientras con la otra acariciaba su espalda; unas caricias que la asustaban pero, como la proverbial polilla, se sentía irremisiblemente atraída hacia la luz.

Hasta que, por fin, pudo recuperar el sentido común y apartarse.

El brillo de deseo que había visto en los ojos de Stefano desapareció de repente, reemplazado por un brillo de... ¿burla? Gemma se dio cuenta de que seguía abrazada a él, sus pechos aplastados contra el torso masculino, su estómago contra el abdomen plano y la dura evidencia de su deseo entre los dos.

–Quiero hacer el amor y tú también –le dijo, pasando un dedo por su cuello–. Pero ahora tenemos que ir a cenar. Más tarde, ¿te parece?

Ella tardó un momento en entender lo que quería decir y cuando lo hizo se apartó de golpe. Odiaba que pensara que podía ser suya cuando quisiera y se odiaba a sí misma por dejar que aquella situación escapara a su control.

–No, ni más tarde ni nunca.

La boca que había besado seductoramente la suya unos segundos antes se convirtió en una fina línea, el brillo seductor en sus ojos reemplazado por uno de irritación.

–Ya lo veremos.

Gemma sacudió la cabeza, incrédula. Pero sabía que era una pérdida de tiempo discutir con él.

Stefano era un playboy bendecido por los dioses con un físico impresionante. Era rico, triunfador y seguramente creía que todas las mujeres querían acostarse con él.

Se había dejado llevar por un deseo absurdo y él había tomado el beso por una señal de que quería más. Pero no quería más, no podía querer más.

–Tenemos que irnos.

–Sí, claro.

Cuanto antes terminase aquella noche, antes podrían ser jefe y secretaria. Nada más.

Y luego contaría los días hasta que Cesare volviera del hospital y Stefano no fuese nada más que un lejano recuerdo.

Capítulo 5

UNA HORA después, Stefano paraba el coche frente al restaurante y ponía el freno de mano. No debería haberla besado, pensaba, enfadado consigo mismo. No debería haber acariciado sus pechos, ni la curva de su cintura, de sus caderas.

No debería haber disfrutado de cada segundo, pero así había sido y lo único que aplacaba su orgullo herido era que Gemma se había dejado llevar tanto como él.

Pero ahora parecía intentar apartarse todo lo posible, silenciosa y distante como si se sintiera culpable por haber sucumbido al deseo.

El viaje hasta Viareggio había sido muy largo, pero no había mucho que decir. Su falta de control lo irritaba. Porque había sido ella quien se apartó, no él.

Había reaccionado por instinto, no podía negarlo. Pero Gemma había recuperado el sentido común antes que él. Estaba tan embriagado de ella que había perdido el control por completo. Le habría hecho el amor allí mismo, en la oficina.

Y su negativa a acostarse con él era un golpe para su orgullo. Porque su retirada no era parte de un juego, ni el viejo ritual del cortejo, había sido una negativa firme.

Algo más fuerte que el deseo impedía que sucumbiera a la pasión. ¿Lealtad a Cesare Marinetti tal vez?

Stefano la miró de soslayo. ¿Pensaba que cuando su padre se recuperase podrían retomar la relación? ¿Creía tal vez que siendo viudo había un lugar para ella en su vida?

La idea era absurda y le recordaba a otra mujer que había querido clavar sus garras en la naviera Marinetti. Antes de casarse con Davide, su cuñada había sido su novia y el engaño le había enseñado una lección muy valiosa porque, aunque no le había robado el corazón, sí le había hecho perder la cabeza.

Y no había terminado de hacerle daño.

Desde que se casó con su hermano había seguido intentando separarlos. Ésa había sido la razón por la que abandonó la empresa familiar. No podía soportar sus mentiras y no quería sufrir la desconfianza de su hermano.

Su madre conocía la verdad y sospechaba que su padre también, pero ninguno de ellos quiso hablar del asunto.

La mujer de su hermano había quedado embarazada enseguida. El primer nieto de Cesare Marinetti, al que sus padres adoraban...

Para Stefano había sido más fácil desaparecer que causarle dolor a su familia. Tenía un objetivo: crear su empresa naviera y lo había conseguido.

Pero incluso después del trágico accidente que se había llevado la vida de su hermano, su cuñada y su sobrino no pudo volver a la empresa familiar porque su padre seguía despreciando sus innovaciones y se negaba a aceptar que el mundo de las navieras había cambiado.

Y, sin embargo, allí estaba, haciéndose cargo de la empresa Marinetti, obligado a soportar a otra manipuladora.

¿Esperaría Gemma ocupar el sitio de su madre?

Era una posibilidad que no podía ignorar. Aunque el estrés de tener una joven amante y esconder la aventura a su mujer había estado a punto de matar a su padre.

Con su madre muerta, no había nada que impidiera a Cesare consolarse en los brazos de Gemma. Nada más que él.

Y él no iba a tolerar que su padre convirtiera a la señorita Cardone en su nueva esposa. No pensaba deshonrar a su madre dejando que otra buscavidas sangrase a un Marinetti.

La última vez le había dado la espalda, pero no volvería a cometer ese error.

Stefano bajó del coche y saludó al portero mientras observaba a un grupo de paparazzi apostados en la acera de enfrente. Los reporteros solían apostarse allí porque el restaurante siempre estaba lleno de famosos. Y si no tenían nada que contar, sencillamente publicaban una fotografía y algún absurdo pie de página.

Eso era algo con lo que él había aprendido a vivir, pero Gemma y su padre habían conseguido darles esquinazo durante sus viajes a Milán.

Claro que hasta la trágica muerte de su madre, sus padres habían conseguido evitar la atención de los medios. La muerte de su hermano y su familia había despertado todo tipo de rumores y sus padres prácticamente habían tenido que esconderse.

Stefano recordaba a los reporteros acampados en la puerta de su casa, esperando la oportunidad de conseguir una fotografía. Buitres todos ellos.

Desde entonces, también él había hecho lo posible para evitar la publicidad. Y, afortunadamente, con el paso del tiempo los dejaron en paz.

Pero tal vez ahora los paparazzi serían una ayuda, pensó. Si publicaban una fotografía de los dos, sin duda empezaría a haber especulaciones y todo el mundo creería que era su amante.

Gemma era todo lo contrario a su cuñada en aspecto y carácter y, sin embargo, era igualmente manipuladora y engañosa. Y mucho más seductora.

Tanto que había despertado emociones de las que había jurado no volver a ser víctima jamás. Stefano tuvo que aceptar la verdad entonces: Gemma lo atraía como ninguna otra mujer y quería acostarse con ella. Pero no rendiría su orgullo o su cabeza.

No dejaría que la historia se repitiera.

Stefano iba a abrirle la puerta del Alfa Romeo cuando el portero se adelantó. De inmediato, los paparazzi empezaron a hacer fotografías y un grupo de personas se detuvo para ver qué famoso cenaba en Gervasio esa noche.

Gemma miró alrededor, sorprendida, y por un segundo Stefano casi sintió pena por ella. Casi.

Aunque no la respetaba, era lo bastante honesto como para admitir que era una mujer muy bella y deseable. Incluso sin la atención de los paparazzi la gente se habría vuelto para mirarla.

Sí, sus fotografías saldrían en las revistas al día siguiente y habría multitud de especulaciones sobre la identidad de su acompañante.

Sólo era una cuestión de tiempo que alguien la reconociera como la secretaria de su padre. Y entonces empezarían a preguntarse si era una cena de trabajo o algo más íntimo.

–*Buonasera, signor* Marinetti –lo saludó el maître–. Su reservado está listo.

–*Grazie*.

Gemma caminaba delante de él, con los hombros erguidos, su postura tensa. ¿Estaría luchando contra el deseo que sentía por él?, se preguntó. ¿O sencillamente se estaba haciendo la dura para atraerlo?

Aquella mujer podría terminar casada con su padre, se recordó a sí mismo. Pero no, él no dejaría que eso ocurriera.

Antes la convertiría en su amante y haría lo que fuese para que todo el mundo lo supiera. Ésa era la única forma de que su padre la viese por lo que era en realidad.

Su padre era un hombre anticuado. No veía nada malo en tener una aventura, pero no toleraría que su esposa o su amante lo engañasen.

El reservado tenía el ambiente adecuado, con luces suaves, velas sobre la mesa y una música de violín que llegaba del salón principal. Era un sitio perfecto para una aventura.

O para el negocio que pretendía dar por terminado aquella noche.

Sonriendo, Stefano apartó una silla, convencido de tener la situación y a la mujer controlados.

Cuando llegó el sumiller pidió una botella de Barolo y Gemma agua mineral, algo que lo sorprendió.

–¿Prefieres tomar otra clase de vino... un martini? –le preguntó.

–No, gracias, no suelo beber alcohol.

Pero lo haría en alguna ocasión, pensó Stefano. ¿Por que no quería brindar con él?

Tal vez había alguna otra razón por la que no quería beber. Tal vez el vino la desinhibía y temía perder el control que había mantenido desde que salieron de Canto di Mare.

Tal vez estaba recordando la pasión que habían compartido en la oficina, cuando se besaron, cuando la apretó contra su pecho, cuando la dejó sentir la evidencia de su deseo...

Stefano sintió que ese deseo despertaba a la vida de nuevo. Normalmente sabía controlarse, pero con Gemma parecía incapaz. ¿Tendría el mismo efecto en su padre?

Seguramente, pensó. Mientras él perdía la cabeza después de una copa de vino, ella tomaría un zumo de naranja y llevaría el control mientras su padre perdía el suyo.

Pensar en ello aumentaba su enfado, pero el enfado iba dirigido también contra sí mismo. Si su madre le hubiera contado antes sus sospechas, podrían haberse ahorrado mucho dolor. Él habría hablado con su padre...

Sí, habrían discutido sin la menor duda porque ningún hombre querría admitir que estaba haciendo el ridículo por una mujer, pero si su padre hubiera sa-

bido lo que buscaba Gemma, ella no habría podido
meter la mano en sus bolsillos.

Pero su padre no quería abrir los ojos ni sobre
Gemma ni sobre su negocio. No quería saber nada de
la polución que dejaba atrás y que tendrían que lim-
piar las futuras generaciones.

Poco después del funeral de Davide, Cesare le había dicho.

—¿Estás dispuesto a dejar de jugar a inventor de
excéntricos yates y volver a la empresa?

El fiero orgullo Marinetti había impedido que Stefano le preguntase si quería o necesitaba su ayuda. El
orgullo y su intención de lanzar al mercado yates menos contaminantes.

—No —le había dicho, dándole la espalda de nuevo.

Se negaba a volver a la naviera Marinetti para no
hacer nada. Se negaba a abandonar su sueño ahora
que estaba tan cerca de su alcance.

Nunca había podido llegar a un acuerdo con su padre en lo que refería al negocio porque ninguno de los
dos daba su brazo a torcer.

Una pena que hubiera tenido que morir su madre
para que Cesare le pidiese ayuda. Pero nada había
cambiado. Su padre había puesto el negocio en sus
manos, pero había insistido en que consultase con él
antes de hacer ningún cambio importante. Y Stefano
había aceptado sólo porque no quería estresarlo
cuando estaba a punto de ser operado del corazón.

Pero pensar que estaba con la mujer que había hecho tanto daño a su familia... ésa era razón más que
suficiente para despreciar a Gemma Cardone. Aunque obligarla a pagar el dinero que le había quitado

a su padre era un castigo justo, Gemma tardaría años en pagarlo, incluso con el generoso sueldo que recibía en la empresa.

No, tenía que sacarla de la vida de su padre para siempre y la única manera de hacerlo era convertirla en su amante.

Stefano la estudió a la luz de las velas. Estaba pálida y tenía un aspecto muy inocente mientras leía la carta, como una sirena varada que necesitase un protector.

Sí, entendía que su padre hubiera caído bajo el hechizo de una mujer así, pero había llegado el momento de devolverle el favor.

–Este restaurante es famoso por el pescado –dijo Stefano, con el tono que usaba para que sus adversarios se confiasen–. Pero, por supuesto, puedes pedir lo que te parezca.

–Muy bien.

–¿Te apetece antipasto como aperitivo?

–No, gracias, no tengo mucho apetito.

Ah, la típica excusa de las mujeres que querían mantener la línea. Aunque Gemma debería comer más porque, en su opinión, estaba muy delgada.

Primero se negaba a beber alcohol y luego decía no tener apetito... ¿estaría haciendo un papel o sería un caso de nervios?

El camarero sirvió el Barolo y esperó que diera su aprobación. Stefano notó que el bouquet contenía una especia dulce, como el perfume que llevaba Gemma... y arrugó el ceño, irritado por esa comparación.

–¿*Signor* Marinetti? –le preguntó el camarero.

–Estupendo, gracias.

–¿Qué van a tomar los señores?

–Una ensalada verde y *bruschetta* de verduras –contestó Gemma.

–Debes tomar algo más –dijo Stefano. Y antes de que ella pudiera protestar, pidió antipasto de jamón y una bandeja de pescado para los dos–. Por cierto, según mi madre aquí tienen los mejores pasteles de chocolate de la zona.

–No debería –Gemma negó con la cabeza.

Ah, pero quería, pensó él, admirando su fuerza de voluntad.

–¿Cómo está Cesare, por cierto?

–Mejor –dijo él–. Descansando.

Gemma suspiró, aliviada, pero el suspiro llamó la atención de Stefano hacia su escote.

–La verdad es que estoy un poco preocupada.

Seguramente lo que le preocupaba era su papel en la vida de Cesare cuando saliera del hospital. Su cómodo estilo de vida estaba a punto de terminar, lo supiera ella o no.

¿Qué valoraría Gemma por encima de todo?

Había admitido invertir dinero para reformar el hotel de su familia en Manarolo y él sabía cuánto le había sacado a su padre para ello, de modo que ese hotelito podría rivalizar con cualquier hotel de cinco estrellas en la Riviera.

Y si ella y su familia dependían de ese hotel, él podría quitarle esa seguridad.

–Cuéntame algo más sobre el hotel de Manarolo.

–Es una casa preciosa –empezó a decir ella, con los ojos brillantes–. Tiene más de cien años y durante todo ese tiempo ha sido de mi familia.

–¿La familia de tu madre?

–No, la de mi padre. El hotel ha ido pasando de generación en generación, siempre a las mujeres, pero mi abuela no tuvo hijas, sólo a mi padre. Mi madre lo llevó hasta que yo cumplí la mayoría de edad y cuando murió, mi abuela se encargó del hotel y de cuidar de mi hermano y de mí mientras mi padre trabajaba.

Era un acuerdo que él conocía y que era habitual entre la clase trabajadora, pensó Stefano. Y, aunque sentía curiosidad por la muerte de su madre, decidió no preguntar. Tal vez porque el reciente fallecimiento de la suya aún estaba muy fresco en su memoria.

–¿Tu abuela dirige el hotel entonces?

–Con ayuda de mi cuñada, sí.

Podría haber hecho que la investigaran, pensó Stefano, pero para eso hacía falta tiempo y él no tenía paciencia.

–¿Y tu hermano? ¿La otra mitad del hotel es suyo?

–No, Emilio heredó el negocio de pesca de mi padre pero decidió llevárselo a La Spezia, donde hay más mercado.

Stefano sabía que el hermano de Gemma tenía adicción al juego. Sus frecuentes visitas a los casinos de Montecarlo eran bien conocidas.

La cuestión era de dónde sacaba dinero para jugar. Dudaba mucho que fuera de la pesca y sospechaba que Gemma apoyaba el vicio de su hermano con el dinero que le sacaba a su padre.

–La verdad es que me preocupa un poco mi abuela –dijo ella entonces.

Había una sincera preocupación en su voz pero,

aunque Stefano sentía curiosidad, se negaba a compadecerse por ella.

–¿Por qué? ¿No está bien de salud?

–Está bien, pero trabaja demasiado. Mi cuñada la ayuda, pero tiene un niño pequeño...

–Siento curiosidad por saber cómo llegaste a trabajar para mi padre –dijo Stefano entonces.

El camarero había llevado los aperitivos y Gemma probó su *bruschetta*.

–Yo estaba en Milán, en la universidad. Nos conocimos allí.

Stefano sabía que era mentira. Seguramente estaría en Milán buscando una víctima propiciatoria que la mantuviese.

–Milán es una ciudad muy grande. Tuviste suerte de encontrarte con mi padre, ¿no?

–Sí, sé que tuve mucha suerte –asintió ella, sin mirarlo.

Stefano pinchó un champiñón relleno de jamón y se lo llevó a la boca, pero le supo amargo.

Para hacer sufrir a Gemma por lo que le había hecho a su madre sólo tendría que quedarse con el hotel de su familia, pensó. Y eso sería muy fácil si no podía hacer el primer pago esa noche.

Sería el propietario del hotel y de Gemma Cardone. Y podría convertir su vida en un infierno.

El camarero volvió con la bandeja de pescado, pero Gemma no mostró ningún interés. Al contrario, miraba el reloj continuamente.

Faltaba una hora para la medianoche y la calma que había mostrado hasta entonces empezaba a resquebrajarse. Su ceño fruncido indicaba que las cosas no iban como había planeado.

–¿Ocurre algo? –le preguntó, mientras se servía otra copa de vino.

–Mi hermano debería encontrarse aquí conmigo a las diez.

¿Cómo se atrevía a invitar a su hermano sin consultarle?

–¿Por qué?

–Me va a traer el dinero, pero no sé qué puede haber pasado. Espera, voy a llamarlo al móvil.

De modo que aquél era su juego: decir que alguna emergencia había impedido que su hermano llegase a tiempo para hacer el pago. Seguramente iba a pedirle unos días más y luego inventaría alguna otra excusa.

Pero estaba a punto de averiguar que a él no podía engañarlo como a su padre.

Aquello era un negocio.

Y él era muy bueno en los negocios.

No se dejaría conmover por las lágrimas ni por los ruegos. Si no podía hacer el primer pago, se quedaría con el hotel y con ella.

–Emilio –la oyó decir, con el móvil en la mano–. ¿Emilio? –Gemma miró a Stefano entonces–. Me parece que ha contestado, pero de repente se ha cortado la comunicación.

Volvió a marcar el número con manos temblorosas y, unos segundos después, cerró el móvil mirándolo con cara de preocupación. Menuda actriz.

–No contesta. Debe de haberle ocurrido algo.

Todo aquello era teatro y era hora de que aceptase las consecuencias de sus actos.

–Tal vez tu hermano está en algún casino.

–¿Por qué dices eso? –exclamó ella, mirándolo con cara de sorpresa.

–Por lo que me han contado, tu hermano ha estado en Montecarlo la semana pasada. Pero la suerte lo ha desertado y se está jugando sus posesiones.

Gemma lo miró, atónita. Parecía una cervatilla asustada y se vio sorprendido por el deseo de protegerla en lugar de arruinarla.

Maledizione! ¿Cómo podía despertar tal emoción en él?

–No, él no haría eso...

–Te aseguro que sí. Hace dos semanas yo mismo estuve en el casino y le compré un viejo barco de pesca para que pudiera seguir jugando.

Un viejo barco que contaminaba el mar. Stefano pagó el precio que le pedía para sacarlo del agua.

Entonces no sabía que era el hermano de Gemma, pero estaba claro que, gracias a ella, los dos se beneficiaban de la generosidad de su padre.

–¡No! Emilio no puede seguir jugando. Tiene que haber alguna otra razón para que no haya venido.

¿Podía estar tan ciega?

Como seguramente su hermano volvería a las mesas de juego esa noche, Stefano llamó a un amigo suyo, pulsó el altavoz y dejó el móvil sobre la mesa.

–*Bonsoir* –lo saludó Jean Paul.

–*Ciao*, Jean Paul. ¿Dónde estás?

–En Montecarlo –contestó su amigo, un piloto de Fórmula 1 aficionado al juego–. En el Sun Casino concretamente. La partida de póquer empieza en una hora.

–¿Recuerdas a ese pescador que me vendió su barco hace unas semanas?

–Ah, *oui*, Cardone. Está aquí ahora mismo y acaba de ganar quinientos mil dólares en la mesa de black jack. Con ese dinero, seguro que recibirá una invitación para la gran partida de póquer.

Gemma se levantó de un salto.

–¡Mi hermano no tiene esa cantidad de dinero!

–¿De dónde ha sacado Cardone el dinero para jugar?

–No lo sé, pero lleva jugando todo el día y, al final, se ha llevado una suma increíble.

Suficiente para pagar la deuda y mucho más, pero su adicción al juego hacía que arriesgase a perderlo todo. ¿Y a arruinar a su hermana?

–¿Cardone ha hecho alguna llamada esta noche?

–No que yo sepa. Aunque su teléfono sonó hace un momento –respondió Jean Paul–. He visto que lo apagaba.

Gemma dejó caer los hombros, derrotada.

No había honor entre ladrones, pensó Stefano, irónico. Su hermano sabía lo que pasaría si no le llevaba el dinero y la había dejado en la estacada.

Gemma sería suya. Deseaba a aquella mujer como no había deseado a ninguna otra. Y la tendría.

–Vigílalo –le dijo, antes de cortar la comunicación.

Gemma lo miró entonces y, al ver el dolor en sus ojos, sintió como si lo hubieran golpeado en el estómago.

Había manipulado a su padre y había destrozado los últimos meses de la vida de su madre, pero la sa-

tisfacción que esperaba conseguir al verla hundida no
llegaba.

–Tienes menos de una hora para hacer el primer
pago del préstamo. ¿Aceptas la derrota?

Ella negó con la cabeza.

–Lo mínimo que podrías hacer es alargar el plazo
hasta mañana. He pedido un préstamo y el director del
banco podría darme una respuesta... Cesare lo haría.

¿Cómo se atrevía a incluir a su padre en la conversación?

–Imagino que habrías hecho lo que fuera para
convencerlo de que te perdonara el préstamo. Le has
estado sacando dinero desde que lo conociste...

–¡Yo no he hecho tal cosa! –exclamó ella.

–¿Ah, no? Entonces explícame por qué mi padre
hizo una transferencia de miles de euros a una cuenta
que lleva tu nombre. ¿Qué has hecho con ese dinero?

Gemma lo miró, su rostro más pálido que el mármol de Carrara.

–No puedo decírtelo.

–No *quieres* decírmelo. Has recibido dinero suficiente como para construir un hotel de lujo, así que
no habrá extensión del plazo, nada de segundas opor-
tunidades.

Gemma enterró la cara entre las manos, pero su angustia no despertaba la compasión de Stefano. Su
hermano y ella se lo habían buscado y ahora sufrirían
las consecuencias.

La venganza estaba a su alcance.

Capítulo 6

ERES odioso! –gritó Gemma, tirando la servilleta sobre la mesa. No podía soportar a aquel hombre ni un minuto más.

–Me da igual lo que piense de mí, señorita Cardone.

A Gemma no le sorprendía porque debía de ser el hombre más cruel que había tenido la desgracia de conocer en toda su vida.

–¿Te alegra haberle robado a mi hermano su medio de subsistencia?

Stefano pareció despertar en ese momento, como un felino dormido.

–Tu hermano me ofreció el barco, no se lo quité. Si yo no lo hubiera comprado, lo habría hecho cualquier otro.

Gemma intuía que era verdad, pero enfrentarse con esa verdad era terrible. Emilio había seguido jugando a sus espaldas aunque no tenía medios para hacerlo...

¿Cuántos meses llevaría engañándolos a todos?

Demasiados, seguro. Creía que había dejado el juego meses antes, pero estaba equivocada.

Jamás se le habría ocurrido pensar que la engañaría... y que perdería el barco que a su padre le había costado tanto mantener. Y ahora, por haber confiado en su hermano, ella podía perder la mitad del hotel.

—Me voy —dijo entonces.

—¿Dónde?

—A buscar a mi hermano.

—¿Por qué? ¿Qué esperas conseguir? —le preguntó Stefano.

—Tengo que impedir que siga jugando —dijo Gemma. Y pedirle el dinero antes de que se lo gastara todo.

—No va a hacerte caso, *bella*.

Stefano la tomó del brazo, mirándola con una expresión intensa, llena de rabia... y de algo que no pudo descifrar. Pero cuando tomó su cara entre las manos, Gemma parpadeó para controlar las lágrimas.

—Aunque pudieses razonar con él, que lo dudo, ahora mismo estará jugando una partida de póquer. No te dejarían pasar.

Gemma no sabía si podría hacer algo, pero tenía que intentarlo. Tenía que cumplir la promesa que le había hecho a sus padres y a su abuela.

—Más razón para ir a Montecarlo.

Luego se apartó de un tirón y salió del reservado, odiando que todo el mundo la mirase, odiando aquella avalancha de desastres que no podía controlar.

Stefano llegó a su lado cuando estaba a punto de salir del restaurante.

—¿Cómo piensas llegar allí a estas horas?

—No lo sé, tomaré un avión.

—Tendrás que esperar durante horas y para entonces la partida habrá terminado.

—Entonces alquilaré un coche.

—No llegarás a tiempo, Gemma.

Stefano chascó los dedos para llamar la atención del aparcacoches.

–Supongo que tú tienes una idea mejor.

Él la miró con una expresión tan decidida como la de un antiguo gladiador. Y, en ese momento, Gemma lo creyó capaz de conquistarlo todo, a su hermano, a ella, el mundo entero.

–Deja que tu hermano se las arregle por sí mismo. Se ha terminado, *bella*. No puedes cambiarlo y no puedes hacer frente al pago, acéptalo.

–No puedo quedarme aquí sin hacer nada.

Le daba igual lo que pensara, era su familia la que iba a sufrir y tenía que intentar convencer a su hermano para que buscase ayuda antes de que fuera demasiado tarde.

–No voy a dejar que vayas a Montecarlo.

–No puedes detenerme –dijo ella, sorprendida al verlo tan furioso. ¿Qué había despertado esa furia?

Entonces recordó cómo había empezado aquello... Stefano había mencionado el dinero que su padre se había gastado el año anterior. Una parte de ese dinero había sido para pagar el tratamiento de Rachel y otra parte... la cantidad que tan generosamente había insistido en regalarle.

Gemma había usado ese dinero para reformar el hotel; unas reformas de las que se estaba encargando su hermano porque Cesare la necesitaba en Viareggio. Pero no podía contarle a Stefano nada de eso porque de hacerlo revelaría el secreto que Cesare le había pedido que guardase con su vida.

–No puedes hacer frente al pago –repitió él, mientras la llevaba al coche–. Y eso significa que el cincuenta por ciento de tu hotel me pertenece. Si esperas renegociar el acuerdo, será mejor que hagas lo que yo te diga.

El corazón de Gemma se desbocó al darse cuenta de que la amenazaba en serio. ¿Pero hablaba en serio al decir que podrían renegociar el acuerdo?

–¿Y qué sugieres?

–Lo hablaremos más tarde –contestó él–. Si quieres ir a Montecarlo esta noche, yo te llevaré.

–Entonces ninguno de los dos podrá estar mañana en la oficina.

–El trabajo puede esperar.

Unos minutos después llegaban a la autopista y Stefano se abría paso entre los coches con la experiencia de un corredor de Fórmula 1.

–¿Cuánto tiempo tardaremos en llegar?

–Vamos a ir en mi helicóptero.

–¿En helicóptero?

No podía decirlo en serio.

Pero cuando salió de la autopista para dirigirse a los astilleros, Gemma supo que Stefano Marinetti no estaba de broma.

Una hora después, el helicóptero aterrizaba en el helipuerto de Montecarlo. Gemma no había dicho una palabra desde que despegaron y tampoco Stefano porque un vuelo nocturno lo obligaba a estar totalmente concentrado.

Aunque lo esperaba, seguía molestándole que Gemma hubiera pedido una extensión del maldito préstamo.

—Cesare me la habría dado —le había dicho.

Y él sabía que era verdad.

Le pediría ayuda a su padre en cuanto pudiera. Incluso podría convencerlo para que se casara con ella... y entonces podría hacer lo que quisiera con el dinero que quedaba en la empresa Marinetti.

Y, considerando la devoción que sentía por su hermano, ese dinero seguramente terminaría en Montecarlo.

No, no podía dejar que se acercase a su padre. En lugar de eso, debería hacerle una proposición más atractiva y no darle oportunidad de rechazarla.

En cuanto bajaron del helicóptero y pasaron la aduana, Stefano la llevó a la limusina que los esperaba. Lo excitaba aquel aroma suyo, único, y experimentaba una emoción nueva. Porque cuando hubiesen terminado allí, Gemma y él tendrían un nuevo acuerdo.

Y sería suya.

Los fogonazos de los fotógrafos en la puerta del casino dejaban claro que estaba lleno de famosos, como siempre.

A él nunca le había interesado ese estilo de vida porque dirigir su negocio lo mantenía activo. Al contrario que muchos de sus colegas, él prefería celebrar sus éxitos con un grupo de amigos o en privado, con una mujer guapa.

¿Como Gemma?

Stefano intentó apartar ese pensamiento y concentrarse en lo que los había llevado allí.

Qué ironía que dos semanas antes Jean Paul lo hubiese convencido para que jugase a la ruleta. Pero comprar el barco de Cardone había merecido la pena.

¿Y ahora?

El último mensaje que había recibido de Jean Paul parecía dejar claro que Cardone estaba en la misma situación. Y esa noche, cuando Gemma viera a su hermano fracasar de nuevo no tendría más remedio que aceptar lo que él le ofrecía.

–¿Cómo vamos a encontrar a Emilio? –preguntó ella, en voz tan baja que parecía estar hablando consigo misma.

Stefano puso una mano en su espalda para abrirse paso entre la gente. No quería ofrecerle consuelo por lo que estaba a punto de presenciar, en absoluto.

–Tu hermano está en la sala de póquer y ha perdido dos manos.

–¿Cómo lo sabes?

–Mi amigo me ha enviado un mensaje.

Gemma se detuvo para mirarlo.

–¿Has contratado a un amigo tuyo para que juegue contra mi hermano?

–No, Jean Paul es un millonario al que le gusta jugar y puede permitírselo. Ven conmigo... pero debes permanecer en silencio. Si dices algo, te sacarán de allí.

Gemma se dio la vuelta, con los hombros erguidos, la cabeza alta.

Muy bien, prefería que lo odiase. Era mejor lidiar con eso que con el deseo y la empatía que despertaba en él. Pero podría hacer que lo deseara, podría hacer que Gemma perdiese la cabeza por él y entonces tendría su venganza.

¿Pensaba chantajearla para que se acostase con él? Stefano sintió que le ardía la cara de vergüenza.

Él no había maltratado a una mujer en toda su vida. Nunca. Y la furia que había sentido contra Gemma empezaba a desaparecer, dejando paso a otra emoción, más fuerte, más incontrolable.

Pero no podía echarse atrás ahora, cuando su aroma llenaba sus sentidos, cuando el beso que habían compartido había inflamado su deseo.

—Marinetti —le dijo al guardia de la puerta.

El hombre asintió con la cabeza, haciéndole un gesto para que entrase y Gemma vaciló, pero él la empujó suavemente.

En la sala había una mesa en torno a la cual se sentaban los jugadores. Stefano señaló un par de sillas situadas detrás y Gemma lo miró con una expresión que lo dejó acongojado. ¿Cómo podía parecer tan inocente siendo tan embustera?, se preguntó por enésima vez.

—Una carta —dijo el magnate ruso que jugaba contra Cardone.

Las últimas fichas se movieron, los jugadores mostraron su juego. Cardone había perdido.

—¿Se ha terminado? —le preguntó Gemma en voz baja.

Stefano asintió con la cabeza y ella dejó caer los hombros. De hecho, pareció doblarse sobre sí misma.

Maldito fuera su hermano por hacerle eso, pensó Stefano. Y luego se maldijo a sí mismo por dejar que lo afectase, por hacer que deseara tomarla entre sus brazos para consolarla.

—Los jugadores deben adquirir las fichas para la siguiente partida —anunció el crupier.

Cardone se levantó de la silla para dirigirse a la

banca, un viaje que seguramente habría hecho muchas veces.

–Tengo una pequeña propiedad, ¿la aceptarían como aval para la próxima partida?

–Sí lleva consigo la escritura...

–¿Qué está haciendo? –preguntó Gemma.

Cardone sacó un documento.

–Es un hotel en Manarolo, Italia, y está en buenas condiciones. Consigue unos beneficios mensuales modestos pero fijos.

–Un momento, tengo que verificarlo.

–¡Él no es el dueño del hotel! –Gemma se levantó de un salto, haciendo que todos se volvieran para mirarla.

Incluido su hermano.

–¿Qué haces aquí?

–Intentando evitar que cometas el mayor error de tu vida –respondió ella–. ¿Cómo has conseguido las acciones de la abuela?

–Tú le has roto el corazón perdiendo la mitad del hotel.

–¿Se lo has contado?

–Por supuesto –dijo su hermano–. Y me ha dado su parte a mí, a la persona que ha estado a su lado durante este último año.

–¡La persona que está a punto de jugarse nuestra herencia! –exclamó Gemma, mirándolo como si fuera un extraño–. ¿Cómo puedes hacer eso? El hotel es tu casa, es el sustento de la abuela y el vuestro...

–Calderilla –replicó él, despreciativo–. Yo quiero algo mejor para mí y para mi familia. Quiero la clase de vida que disfruta tu jefe.

–¡Entonces trabaja para conseguirlo!

–Cuando gane esta partida no tendré que volver a trabajar en toda mi vida. Y tú tampoco. Seremos ricos.

–No puedes arriesgar nuestra casa, Emilio –le suplicó ella.

Si perdía esa partida, la familia de Gemma se quedaría en la calle, pensó Stefano. El hotel, que había ido pasando de generación en generación, ya no sería suyo.

Cardone tomó a su hermana del brazo y, al oírla gemir, Stefano tuvo que hacer un esfuerzo para no sacarlo de allí a patadas. Y esa admisión lo enfurecía porque demostraba que no era mejor que su padre.

–Querrás decir *tu casa* –replicó Emilio, sarcástico–. Harías lo que fuera para conservar ese montón de piedras, incluso venderte a un viejo.

–¡Pídele disculpas a tu hermana! –intervino Stefano entonces.

Aunque él había acusado a Gemma de lo mismo, nunca haría algo así en público.

–¿Ahora la defiendes? –exclamó Cardone.

–Por supuesto.

Lo cual no tenía ningún sentido porque había querido humillarla públicamente. Había querido arruinarla y recuperar el dinero que le había sacado a su padre...

Ni él mismo se entendía.

Cardone miró a su hermana.

–Vas de un Marinetti a otro y le das la espalda a tu hermano.

–Tú no quieres mi ayuda, sólo quieres el dinero

que pueda darte para gastártelo en el casino –Gemma se volvió hacia Stefano–. Por favor, sácame de aquí. No puedo soportarlo más.

Aquélla era la oportunidad de marcharse y completar la humillación, el momento de ponerla en su sitio y defender el honor de su familia.

El honor.

Para un italiano, el honor lo era todo, pero no le parecía el momento ni el sitio.

–La escritura ha sido verificada –anunció el encargado de la banca.

Emilio Cardone miró a su hermana y luego a Stefano.

–Llévesela de aquí –le dijo, volviéndose para tomar las fichas.

Y, en ese momento, nadie entendía la angustia de Gemma más que Stefano.

–Te doy medio millón de euros por esa escritura.

Lo hacía por él, no por Gemma. No quería tener a un extraño como socio. No quería sentir nada por aquella mujer que había robado a su padre y ahora se hacía la víctima como una consumada actriz.

Cardone sonrió.

–Acepto tu oferta, Marinetti.

–Piensa en la abuela –le suplicó Gemma, su voz llena de emoción.

Pero su hermano se encogió de hombros.

–Tal vez el nuevo propietario le permita quedarse... si tiene suficientes incentivos.

Y, de nuevo, Stefano quiso estrangularlo por un comentario tan grosero. Por supuesto que su abuela podría seguir viviendo allí, pero no iba a decírselo.

Ya habían dicho demasiado.

Los jugadores ocuparon sus sitios sin decir nada, tal vez acostumbrados a presenciar todo tipo de escándalos en el casino. Stefano vio que Jean Paul lo miraba con gesto de extrañeza, pero no dijo nada.

No había tiempo.

Quería salir de allí antes de perder la paciencia con Cardone. Un insulto más y... aunque no sabía cómo entender esa furia.

Después de firmar el documento por el que se convertía en propietario del cincuenta por ciento del hotel, Stefano guardó la escritura en el bolsillo y puso una mano en la espalda de Gemma.

–Es hora de marcharnos, *bella*.

Ella asintió antes de dirigirse hacia la puerta, con la cabeza bien alta. Y Stefano se encontró admirando su reacción ante la adversidad.

Todo había terminado. Ahora era el propietario del hotel.

Pero no se sentía victorioso. Aún no.

Controlaba lo que Gemma deseaba más que nada, pero la cuestión era qué estaría dispuesta a hacer para recuperarlo.

Capítulo 7

NO DEBERÍA haberse marchado de Montecarlo con Stefano. Debería haber tomado un tren para volver a casa.

A casa.

Ya no tenía una casa, pensó Gemma, con el corazón encogido, sólo un apartamento en Viareggio. Y había dejado a su abuela en la calle...

¿Qué pasaría ahora?

Tenía que preguntarle a Stefano sobre sus planes para el hotel. Porque si pensaba venderlo, aún había una posibilidad de que pudiera conseguir un préstamo del banco.

Pero era una posibilidad muy pequeña, pensó, mientras veía las luces de Montecarlo alejándose en la distancia. Y su hermano... se había convertido en un hombre al que no conocía. No podía ayudarlo. De hecho, ya no tenía valor para intentarlo siquiera.

Emilio había insinuado que mantenía una relación con Cesare y con Stefano y ella no se había molestado en negarlo porque sabía que no serviría de nada. Y tampoco Stefano había dicho nada en su defensa, se había limitado a mirarla con esos ojos oscuros y ardientes como la había mirado antes de besarla.

Incluso horas después podía seguir sintiendo su

sabor, la fuerza de sus brazos, la evidencia de su deseo.

Sí, le habían dicho a los chismosos algo de qué hablar, desde luego. Sólo esperaba que a Cesare no le llegase la noticia. Estaban a punto de operarle y lo último que necesitaba era una preocupación más.

Pero su vida era un auténtico desastre. Nunca se había sentido tan sola, tan desesperada...

Entonces se dio cuenta de que el helicóptero descendía sobre la cubierta de un barco. Era una maniobra difícil y, además, era de noche, pero Stefano parecía absolutamente tranquilo.

—¿Ha ocurrido algo? —le preguntó mientras se quitaba los cascos.

—Es tarde y no quería volver a Viareggio cuando mi yate está tan cerca.

—¿Este barco es tuyo?

Stefano sonrió, haciendo que lo viese como un hombre deseable en lugar del hombre que acababa de arrebatarle lo que era suyo. Un hombre guapísimo con un brillo en los ojos que despertaba sus sospechas.

Si pensaba que iba a acostarse con él, estaba muy equivocado.

—Es el último yate de mi flota —respondió, con una nota de orgullo—. Puedo trabajar desde aquí como lo haría en tierra.

—¿Y sueles hacerlo? —le preguntó Gemma.

—Sí, a menudo. Ven, vamos.

Stefano la ayudó a bajar del helicóptero, aunque había varios hombres rodeando el aparato, y la llevó de la mano por cubierta.

Cuando llegaron al salón principal Gemma se

quedó helada. Parecía un palacio, con suelos y colum-
nas de mármol, alfombras persas, lámparas de araña...

Un empleado se acercó de inmediato, pero él le
hizo un gesto con la mano.

—No necesitaremos nada más esta noche. Puedes
retirarte.

—Es un barco precioso –murmuró Gemma.

—Éste es el salón donde suelo recibir a los clientes.
¿Quieres beber algo?

—Un Chianti, por favor.

Ah, aquélla debía de ser una de las ocasiones en
las que sí tomaba alcohol.

—Imagino que estarás agotada.

—Sí, lo estoy.

—Pero hay algo que debemos discutir.

El hotel, estaba segura.

Gemma tomó un sorbo de vino, pero apenas había
comido y se sintió mareada.

—Muy bien, dime.

—Imagino que el hotel significaba mucho para ti.

—Más de lo que puedas imaginar. Y quiero intentar
recuperarlo –dijo ella.

—Yo no tengo intención de meterme en el negocio
hotelero.

—¿Entonces por qué le has comprado la escritura
a mi hermano?

Stefano tomó un sorbo de vino.

—No quería que una tercera persona tuviera acciones.

Su respuesta la dejó aún más desconcertada.

—Pero acabas de decir que no tienes interés en el
hotel...

–Pero tampoco quiero dividir las acciones.

–¿Entonces estás de acuerdo en vendérmelo?

–Vender es un proceso largo que prefiero evitar.

–Yo pensaba pedir un préstamo...

–No quiero dinero, *bella*. Te quiero a ti.

–¿Qué quieres decir con eso? –preguntó ella, aunque temía conocer la respuesta.

–Quiero que seas mi amante.

Gemma dejó la copa sobre la mesa para evitar la tentación de tirarle el vino a la cara.

–No voy a prostituirme ni por ti ni por nadie.

Stefano levantó una ceja, burlón.

–¿Ni siquiera para recuperar el hotel de tu familia?

–Puedo conseguir un préstamo...

–No te molestes. No seguirás trabajando en Marinetti, de modo que no te darán un préstamo.

–¿Vas a despedirme?

Él se encogió de hombros.

–Te estoy haciendo una oferta, *bella*. Aparte de tus labores como secretaria, quiero que seas mi amante durante un mes.

–Eres un canalla.

–Piensa lo que quieras. A cambio de tu compañía durante un mes, te devolveré la escritura del hotel.

Gemma no había pensado que pudiese odiarlo más de lo que lo odiaba, pero sintió una furia ciega. Querría abofetearlo, salir de su vida y no mirar atrás.

Pero estaba en una situación imposible.

A menos que pudiera romper la promesa que le había hecho a Cesare no tendría más remedio que aceptar. Que su cuerpo respondiera ante Stefano no era importante, lo único importante era que no podía perder el hotel porque era el único hogar que conocía su abuela.

De modo que cerraría los ojos y sufriría sus caricias durante un mes...

Como si las caricias de Stefano no le diesen placer, pensó entonces, irónica. ¿A quién quería engañar?

–Lo quiero por escrito –contestó, disgustada al notar que le temblaba la voz–. No me acostaré contigo hasta entonces.

–Muy bien, de acuerdo. Después de todo, es una proposición de negocios.

Era una venganza, pensó ella, porque creía que había sido la amante de Cesare y le había robado su fortuna. ¿Qué pasaría cuando supiera la verdad?

Ella nunca había estado con un hombre y Stefano se daría cuenta. ¿Qué le diría sobre sus viajes a Milán entonces?

Él levantó su barbilla con un dedo y Gemma sintió un escalofrío. Odiaba que su cuerpo respondiera de ese modo ante cualquier caricia suya, pero no podía evitarlo.

–Pareces agotada. Ven, deja que te acompañe a tu camarote –Stefano la llevó por un pasillo, con una mano en su espalda que parecía estar dejando una marca en su piel.

Gemma se apartó en cuanto llegaron al camarote, pero la suave luz, el silencio, todo la tentaba a tumbarse en la cama y dormir durante horas.

Pero antes de hacerlo tenía que preguntar...

–¿Has hablado con tu padre?

Stefano apretó los labios, como si la pregunta hubiera sido una bofetada.

–He hablado con su enfermera hace unas horas. Le operarán mañana, pero estaba descansando.

–Imagino que le habrás dado órdenes a la tripulación para que se dirijan a Viareggio.

–Sí, claro –murmuró él, señalando alrededor–. Aquí tienes todo lo que puedas necesitar, las habitaciones están preparadas para cualquier visita inesperada.

¿Se refería a sus socios o a sus conquistas? Gemma sintió una punzada de celos y se dio cuenta de que no podía soportar la idea de Stefano con otra mujer. Él era el último hombre con el que soñaba hacer el amor y, sin embargo, el único hombre que había invadido sus sueños con tentaciones y promesas de placeres prohibidos.

¿La realidad sería igualmente maravillosa?

–Muy bien –murmuró.

–Si necesitas algo, mi suite está al final del pasillo –dijo Stefano, aunque no parecía tener prisa por marcharse.

Llevaba los dos primeros botones de la camisa desabrochados, revelando un triángulo de piel bronceada cubierta de vello oscuro. Y el contraste con la camisa blanca la fascinaba.

Ella se había pasado la vida entre pescadores, con la piel teñida por el sol. Su padre tenía la piel como el cuero...

Pero la piel de Stefano tenía un aspecto suave, terso. Pronto sabría cómo era sin ropa, pensó. Pronto sentiría ese cuerpo moviéndose sobre el suyo.

Tuvo que apretar las manos para evitar que él viese que le temblaban, pero entonces se dio cuenta de algo...

–Oh, no –murmuró, mirando su dedo anular.

–¿Qué ocurre, *bella*?

–Mi anillo –contestó Gemma, una aguamarina con dos diamantes diminutos a juego con el colgante–. Lo he perdido en algún sitio.

–Le pediré a mi gente que lo busque en el barco y en el helicóptero, no te preocupes.

Ella asintió con la cabeza. Su padre le había regalado el anillo cuando terminó la carrera y perderlo era como perder a su padre de nuevo.

Había perdido tanto... a su padres, el hotel. Y ahora la vida de Cesare estaba en peligro.

–Me gustaría acompañarte al hospital mañana.

De nuevo, Stefano la miró con el ceño fruncido.

–Los médicos han insistido en que no hable de trabajo en absoluto.

–No voy a mencionar la empresa para nada –le prometió ella–. Es que estoy preocupada por él y me moriría de nervios esperando noticias en la oficina.

–Sí, claro –dijo Stefano bruscamente.

Seguramente le molestaba que insistiera en ir al hospital, pero ella era la secretaria y la amiga de Cesare. Y lo quería de verdad.

–Duerme un rato –le dijo–. Te aseguro que mañana no descansarás demasiado.

Y después de hacer tal predicción salió del camarote.

Gemma miró la puerta cerrada durante largo rato, pero la cama parecía llamarla. Tenía razón, necesitaba descansar.

Encontró un camisón en la cómoda, aún con la etiqueta puesta. Afortunadamente no iba a tener que ponerse algo que hubiera llevado una antigua amante pensó, angustiada.

Pero no podía cerrar los ojos porque cuando lo hacía veía el rostro arrogante de Stefano, el brillo de deseo en sus ojos oscuros. De modo que paseó por el camarote, rezando para que el agotamiento la ayudase a dormir.

Qué apropiado que fuese tan difícil apartarlo de su mente como de su vida. Inquieta, y sin saber qué hacer, se asomó al pasillo.

Estaba absolutamente silencioso. Aunque era lógico porque eran las cuatro de la mañana.

Gemma se detuvo, el fino camisón de seda acariciando su piel. Pensó entonces volver al camarote para buscar un albornoz, pero decidió que no hacía falta molestarse porque seguramente todos los miembros de la tripulación estarían dormidos.

Estaba sola y si paseaba por cubierta durante unos minutos acabaría demasiado cansada como para tener los ojos abiertos.

–Deberías estar en la cama –oyó la voz de Stefano entonces.

Gemma se dio la vuelta, sorprendida. ¿Cuánto tiempo llevaba mirándola?

–No podía dormir. Es un problema que tengo hace años.

–¿Y no tomas pastillas?

–Normalmente paseo hasta que se me cierran los ojos.

–Necesitas algo más que pasear para caer rendida en la cama.

–¿Y qué sugieres? –le preguntó ella, levantando una ceja.

–Que hagamos el amor.

–Habíamos quedado en que antes tendrías que darme el acuerdo por escrito –le recordó Gemma. Sus ojos empezaban a acostumbrarse a la oscuridad y vio que llevaba el torso desnudo. Sin darse cuenta, deslizó la mirada por sus marcados abdominales, las delgadas caderas, la orgullosa evidencia de su deseo marcada bajo el pantalón.

Tal vez fue el brillo de sus ojos o el incendio que se había declarado en su interior... no lo sabía, pero de repente se sintió mareada y perdió el equilibrio.

Stefano se movió con la rapidez del rayo para sujetarla. Gemma puso las manos sobre su pecho para apartarlo, pero al acariciar el torso masculino sencillamente se olvidó de respirar.

Era tan fuerte, tan sexy. Incluso con tan poca luz podía ver que sus ojos no eran oscuros del todo, sino con puntitos dorados.

–No podemos hacerlo –murmuró, al darse cuenta de que iba a besarla.

¿O sólo estaba viendo lo que quería ver?

–¿Por qué no si los dos queremos hacerlo?

Stefano capturó su boca en un beso largo y profundo que llevó lágrimas a sus ojos. Estaba perdida en el abrazo, en el momento, mientras la llevaba a la cama sin dejar de besarla. La seda del camisón era una barrera que odiaba y un afrodisíaco que aumentaba el placer al mismo tiempo.

La besaba con ansia y ella tembló, deseando más. Cada roce de su lengua despertaba un latido de deseo.

Gemma se frotó contra él, deseando algo que sólo podía imaginar. Era como si hubiese estado dormida toda su vida y estuviera despertando en ese momento.

–Bésame, *bella* –murmuró Stefano–. Bésame como quieres hacerlo.

¿Se atrevía? No tenía experiencia, pero el deseo era muy poderoso.

Las caricias de Stefano eran apasionadas y tiernas a la vez. ¿Cómo podía haber pensado que aquel hombre era cruel?

Cada roce, cada movimiento creaba una fricción que la sorprendía y la animaba. Quería estar piel con piel, quería conocer a aquel hombre tan íntimamente como podría conocerlo una mujer.

El deseo era crudo y totalmente inesperado para ella. Pero no sentía vergüenza alguna, sólo deseo.

Gemma lo besó entonces, torturándolo como la había torturado él, y Stefano emitió un gemido ronco que se mezclaba con sus suspiros de satisfacción.

–Estás hecha para amar –dijo él, mientras acariciaba su cuello con los labios–. Mereces una vida entera de placer, *cara mia*.

Cuando envolvió uno de sus peones con los labios se sintió envuelta en una tormenta de sensaciones y, sin pensar, se arqueó hacia él, dejando escapar un suspiro de alivio cuando le quitó el camisón, el sonido de la seda rasgada más erótico de lo que hubiera podido imaginar.

Adoraba esas gloriosas manos masculinas que la tocaban, asombrada al ver que Stefano sabía lo que deseaba más que ella misma.

En eso no había barreras entre ellos. Al menos, barreras físicas.

Eran un hombre y una mujer haciendo el amor, con una pasión más intensa de lo que hubiese podido imaginar. Si Stefano era tan apasionado durante todo un mes, nunca podría apartarlo de su recuerdo.

«No, no pienses eso. No pienses en enamorarte de Stefano».

¿Pero cómo no iba a imaginarse entregándole el corazón a aquel hombre cuando le susurraba una letanía de palabras de amor al oído? ¿Cuando la hacía sentir deseable y querida?

–*Bella* –murmuró mientras la llenaba.

Ella dejó escapar un gemido, más de sorpresa que de dolor, y Stefano se detuvo, mirándola con cara de sorpresa. Y Gemma supo entonces que se había dado cuenta; sabía que era virgen. De modo que debía de saber también que no era lo que la había acusado de ser.

–Por favor, no pares –Gemma acariciaba su espalda, derritiéndose debajo de él. De modo que aquello era estar con un hombre...

No había imaginado que se sentiría tan libre, que aquello le parecería tan perfecto.

Stefano tomó su cara entre las manos y la miró a los ojos.

–Eres mía ahora, ¿lo entiendes? –murmuró, hundiéndose en ella con fuerza y apartándose antes de que pudiese recuperar el aliento... para hacerlo una y otra vez. Sus bocas se encontraron y el beso se volvió tan salvaje, tan frenético como sus embestidas.

No hubo más palabras, sólo una explosión de sensaciones y placeres que sus cuerpos entendían. Y cuando Gemma temía desmayarse de placer, llegaron juntos al final.

Había oído muchas veces la expresión «dos seres convirtiéndose en uno solo», pero no había entendido lo que significaba hasta ese momento.

Stefano se tumbó de lado, llevándola con él, y Gemma apoyó la cabeza en su pecho.

Se sentía marcada por sus caricias, por su posesión. Se sentía deseada.

Una deliciosa somnolencia la embargó entonces y bostezó, su último pensamiento coherente que no le importaría pasar todas las noches así.

Aquello era el cielo, un sueño del que no quería despertar. Pero ella sabía que terminaría pronto porque por la mañana Stefano le haría preguntas que no sería capaz de contestar.

El sonido de las aspas del helicóptero despertó a Gemma, que miró alrededor un momento, desconcertada.

El yate.

Stefano.

La cama en la que habían hecho el amor por la noche.

Su aroma masculino se había quedado en las sábanas y en su piel y sintió un delicioso escozor entre las piernas.

Pero Stefano no estaba a su lado.

Impaciente, saltó de la cama para buscar un albornoz. No podía irse a Viareggio sin ella...

–¿Dónde está Stefano? –le preguntó a una mujer que estaba limpiando el pasillo.

–Se ha ido –contestó ella.

–¿En el helicóptero?

–Sí, señorita. ¿Quiere que le lleve el desayuno?

Gemma negó con la cabeza mientras corría a cubierta. Pero el helicóptero se alejaba hacia el hospital sin llevarla con él como había prometido por la noche.

Y la razón estaba bien clara: Stefano no confiaba en ella. La había llevado allí para asegurarse de que no pudiera ir por su cuenta.

Gemma volvió al camarote y cerró de un portazo. Si le había mentido sobre eso, ¿cómo iba a confiar que cumpliría su promesa sobre el hotel?

La suite donde había hecho apasionadamente el amor con Stefano le parecía una prisión en ese momento.

«Eres mía ahora», le había dicho.

Creía tenerla a su merced, pero ella encontraría la forma de ir a Viareggio.

Tenía que ver a Cesare aunque sólo fuera para saber que la operación había ido bien. Y tenía que visitar a una niña que esperaba impaciente su visita en Milán.

Capítulo 8

STEFANO paseaba por la sala de espera, maldiciendo el tiempo que pasaba tan despacio... al contrario que la noche, que se había ido en un suspiro. Aún no podía creer que Gemma fuera virgen. ¡Virgen!

Había tenido que hacer un esfuerzo para no despertarla de madrugada y preguntarle qué demonios habían estado haciendo su padre y ella todos esos fines de semana en Milán. Pero no tenía tiempo de pensar en eso ahora y no quería escuchar más mentiras. No, quería escuchar la versión de su padre.

Pero había llegado demasiado tarde al hospital y tendría que esperar a que Cesare se recuperase antes de conseguir respuestas. Y esperar era algo que no se le daba bien.

—Stefano, por favor, siéntate —le pidió su tía—. Me estás poniendo nerviosa con tantos paseos.

Él se dejó caer en una silla a su lado y estiró las piernas.

—Disculpa, pero ya sabes que la paciencia no es mi fuerte.

—Sí, lo sé. Pero también conozco a mi sobrino y sé cuándo algo le preocupa de verdad.

—Han pasado muchas horas y los médicos no nos dicen nada.

Ella puso una mano en su brazo.

–¿Esperabas que salieran del quirófano sólo para decirnos cómo iba la operación?

–No, claro que no.

–¿Qué te pasa, Stefano?

Gemma. Gemma, que invadía sus pensamientos, la dulce e inocente Gemma.

Pero no podía decirle eso a su tía. No podía decirle que había chantajeado a la secretaria de su padre para que se acostase con él.

–Hay cosas en la empresa que requieren mi atención urgente.

Su tía lo miró entonces, guiñando los ojos.

–¿Y la secretaria? ¿Ya te has librado de ella?

Stefano suspiró. Ojalá su madre no le hubiera contado nada sobre la infidelidad de Cesare...

–No, es más complicado de lo que yo pensaba.

Su tía se llevó una mano al corazón.

–¡No me digas que esa chica está esperando un hijo!

–No, nada de eso.

Stefano se quedó pensativo entonces. No había usado preservativo la noche anterior...

No había pensado que fuera necesario ya que, siendo la amante de su padre, pensó que Gemma estaría preparada.

Pero no lo era y, casi con toda seguridad, no lo estaba. Había esperado que tomase la píldora o que usara algún tipo de aparato contraceptivo, pero Gemma era virgen.

Stefano se pasó una mano por el pelo, furioso consigo mismo. Eso lo cambiaba todo y lo obligaba a revaluar el papel de Gemma en su vida y en su futuro.

Quería pensar que había mentido, pero en aquel caso había dicho la verdad: no era la amante de su padre.

Y sólo era suya porque la había coaccionado.

«Imbécil».

Él nunca se había acostado con una virgen y nunca había querido hacerlo.

No quería ni pensar que Gemma pudiese haber quedado embarazada pero, a medida que pasaban las horas, la preocupación por su padre se mezclaba con esa nueva ansiedad.

Había sido el primer hombre para ella y deseaba besarla de nuevo, chupar sus pezones hasta que se endurecieran, colocarse entre sus muslos y acariciarla con la lengua, llevarla al éxtasis antes de convertirse en uno solo.

Era suya, pensó, sintiéndose ridículamente posesivo.

Hasta esa noche podría haberle dicho adiós sin consecuencias, pero ya no había vuelta atrás. No podía dejarla hasta que supiera si estaba esperando un hijo suyo.

Y si estaba embarazada se casaría con ella sin la menor vacilación.

¿Pero y si no lo estaba?

Seguirían juntos durante treinta días, como habían acordado, y después la dejaría ir. Para entonces, la obsesión que sentía por ella habría desaparecido y no le dolería pensar que iría en busca de otro amante, que algún día se casaría y tendría hijos.

–No me gusta que siga en la oficina –dijo su tía entonces–. La memoria de tu madre merece respeto.

Stefano suspiró, irritado. No quería que siguiera

pensando lo peor de Gemma, pero tampoco quería contarle la verdad.

—Mi madre estaba equivocada sobre ella —dijo por fin.

—¡No me digas que esa mujer te tiene comiendo en la palma de su mano a ti también!

—No, no es eso. Gemma Cardone no es la amante de papá.

—Claro, imagino que eso te lo habrá dicho ella.

—Me lo dijo, pero me negué a creerla.

—¿Y por qué la crees ahora?

Stefano se movió en la silla, incómodo.

—Porque yo he sido su primer amante.

El silencio que siguió a esa afirmación lo incomodó aún más.

—¿Cuándo?

—Mira, no es momento para hablar de eso —Stefano le hizo un gesto con la mano, indicando a una pareja que acababa de entrar en la sala de espera.

—Es el momento perfecto —insistió su tía, en voz baja—. Dime desde cuándo estás con esa mujer.

—Hemos pasado la noche en el yate y sé con toda seguridad que no había estado antes con un hombre.

Su tía lo miró, perpleja.

—¿Estás seguro?

—Absolutamente. Es la secretaria de mi padre, nada más.

Pero él sabía que Gemma era algo más. Esos fines de semana en Milán seguían sin tener explicación y la pequeña fortuna que había puesto a su nombre...

Un hombre no le daba esa cantidad de dinero a su secretaria a menos que hubiera una muy buena razón.

Gemma no le había dado una explicación satisfactoria, ni siquiera podía mirarlo a los ojos cuando habla-
ban del tema.

Y Stefano sabía que escondía algo. ¿Pero qué podía ser?

–La operación debería haber terminado ya –dijo
su tía cuando empezaba a atardecer–. ¿Por qué están
tardando tanto?

–Ojalá lo supiera –murmuró Stefano, nervioso.
Algo debía de haber ido mal, pensó. Y supo que estaba en lo cierto cuando el cirujano entró en la sala
de espera una hora después, con gesto preocupado.

–¿*Signor* Marinetti?

Stefano se levantó de un salto.

–Sí, soy yo. ¿Cómo está mi padre?

El hombre le hizo un gesto.

–Vengan conmigo, por favor.

Stefano tomó a su tía del brazo. Se había enfrentado
con muchas situaciones en las que tenía que mantener
la cabeza fría, pero nunca había estado tan nervioso.

–La operación ha ido bien –empezó a decir el cirujano cuando salieron al pasillo–. Pero cuando estábamos cerrando, su padre ha sufrido un nuevo infarto.

–¿Y cómo está ahora?

–Lo hemos estabilizado, pero no sabremos los da-
ños que ha sufrido hasta que despierte.

Stefano asintió con la cabeza, angustiado.

–¿Cuándo podremos verlo?

–En cuanto salga de la UCI y descanse un poco
–el cirujano se despidió de ellos y Stefano empezó a
pasear de un lado a otro. Nunca se había sentido tan
solo, tan impotente.

–No pienso irme del hospital esta noche, pero le diré a mi chófer que te lleve a casa.

–Llámame en cuanto sepas algo –dijo su tía, enjugándose las lágrimas con un pañuelo.

–Sí, claro, no te preocupes.

Pero él sí estaba preocupado. Su padre podría morir.

Como había sospechado, Cesare no podría volver a Marinetti, de modo que él tendría que dirigir la empresa e intentar sacarla de la ruina. Muchos empleados llevaban allí casi toda su vida y las posibilidades de encontrar otro puesto trabajo no serían muchas.

Él era implacable en los negocios, pero no era un hombre sin corazón, no podía echarlos a la calle.

Todo en Marinetti era su responsabilidad ahora.

Y Gemma. Necesitaba su ayuda más que nunca.

Stefano se dejó caer sobre una silla y sacó el móvil para llamar al capitán del yate.

–Llévalo a puerto por la mañana, pero no dejes que la señorita Cardone se marche. Dile que me espere, por favor.

Gemma y él tenían que hablar.

Tenía que saber por qué había ido con su padre a Milán y qué habían hecho allí. Tenía que saber cuál era su papel en la vida de su padre antes de descubrir qué papel podía hacer en la suya.

A la mañana siguiente, Gemma estaba en el hospital, mirando a Cesare a través del cristal de la UCI. El pitido de las maquinas la ponía nerviosa y se le rompía el corazón al verlo tan pálido, tan débil. Le gustaría sentarse a su lado y charlar con él como habían hecho tantas veces, pero no podía entrar.

Nadie más que su familia podía entrar y allí no había nadie.

–¿Quiere algo? –le preguntó una enfermera.

–¿Dónde está la familia del señor Marinetti? –le preguntó.

–Su hijo y su hermana acaban de irse hace unos minutos.

Gemma se preguntó si habría ido a buscarla al yate, pero si así era, iba a llevarse una sorpresa.

–Espero que vuelvan dentro de una hora –siguió la enfermera–. ¿Es usted amiga de la familia?

–Soy la secretaria del señor Marinetti. ¿Cómo está?

–Sufrió un infarto durante la operación, pero ahora se encuentra estable.

La mujer se alejó sacudiendo la cabeza y a Gemma se le encogió el corazón. ¿Qué quería decir eso, que estaba peor de lo que pensaba?

«Cuida de Rachel», le había dicho. Tal vez porque imaginaba que podría no salir de la operación.

Esa responsabilidad había recaído sobre sus hombros ahora, ¿pero cómo iba a atender a la niña y ser la amante de Stefano al mismo tiempo? ¿Cómo iba a mantener aquellos dos mundos separados?

Un mes, ése era el tiempo que tendría que estar con Stefano. Por mucho que le gustara estar entre sus brazos, por mucho que deseara que aquello no terminase.

Cesare no quería que Stefano supiera nada sobre Rachel y debía respetar sus deseos. ¿Pero podría haber juzgado mal a su hijo?, se preguntó. ¿Podía ella confiarle a Stefano la verdad?

Ojalá lo supiera.

Se angustiaba al pensar en las necesidades de Rachel: el carísimo tratamiento, el colegio privado, la niñera...

¿Habría hecho Cesare arreglos para el futuro de la niña?

—Yo cuidaré de Rachel —murmuró, como si él pudiese oírla.

«Pero no será fácil».

¿Cómo iba a hacerlo sola?

Entonces sintió que se le erizaba el vello de la nuca. Y sólo había una persona que pudiera provocar tal sensación: Stefano.

Gemma se volvió, pero tenía un nudo en el estómago cuando sus ojos se encontraron con los de Stefano Marinetti.

—¿Puedo hablar un momento contigo?

—Sí, claro —murmuró ella, fingiendo una calma que no sentía. No temía haberlo desafiado, pero temía por Cesare y por su hija.

Pero entonces vio que Stefano no estaba solo. A su lado había una mujer mayor. Y aunque no se pareciesen, habría sabido que era la hermana de Cesare.

—*E' questa la donna?* —preguntó, sus ojos oscuros llenos de censura.

—Sí —contestó él.

Gemma no sabía qué le había contado sobre ella, pero a juzgar por su expresión no podía ser nada bueno.

Y Stefano no parecía el hombre con el que había hecho el amor por la noche. ¿Podría haber sido ése su objetivo? ¿La habría seducido para que revelase el secreto de su padre?

De ser así había juzgado mal su lealtad hacia Cesare.

La noche anterior, mientras sus corazones latían al unísono, había visto a un Stefano vulnerable. Pero había cambiado y a la luz del día era el hombre arrogante e implacable al que había conocido en la oficina de Cesare.

Stefano la llevó a una salita y cerró la puerta.

—Deberías haber esperado en el yate —le dijo.

—Estaba preocupada por tu padre y por ti —contestó ella, sin dejarse amedrentar por el tono helado.

—Está inconsciente, *bella*. Los médicos no saben cuándo despertará y en qué condiciones.

—Lo siento mucho, de verdad. Si puedo hacer algo...

—Podrías obedecer una orden —la interrumpió él.

—Yo no obedezco órdenes fuera de la oficina —replicó Gemma, airada.

Había esperado que Stefano se enfadase, pero esbozó una sonrisa.

—¿Qué estás pensando ahora mismo?

En su mente apareció una imagen de los dos en la cama, convirtiéndose en uno solo, el roce de la barba masculina sobre su pecho... le parecía como si hubiera ocurrido un siglo antes.

—Estoy preocupada por Cesare. Y aún no hemos hablado de lo que pasó...

—¿Te preocupa el contrato?

Gemma asintió con la cabeza y Stefano acarició su mejilla con un dedo.

—Estará redactado mañana y listo para que lo firmes.

—Muy bien, lo firmaré cuando vuelva de Manarolo. Tengo intención de visitar a mi abuela.

–¿Cuándo has decidido eso?

–Ayer, después de lo que pasó con mi hermano –contestó ella, luchando contra el deseo de cerrar los ojos para disfrutar de sus caricias.

–Iré contigo.

–No, por favor. Tú tienes que quedarte aquí, con tu padre. Además, mi abuela no entendería que fuese a verla con mi jefe.

–Muy bien. Firmaremos los papeles cuando vuelvas y lo celebraremos después, ¿de acuerdo?

–Sí –dijo ella, su respiración agitándose al pensar que estaría entre sus brazos de nuevo.

–¿Quién es Rachel, por cierto?

Gemma lo miró, atónita. Pero entonces se dio cuenta... debía haberla oído hablando sola.

–La hija de un amigo –contestó, sabiendo que no la creería.

–No me mientas.

–No estoy mintiendo.

Veía un brillo de irritación en sus ojos oscuros pero, de repente, Stefano se inclinó para besarla. Un beso rápido que la dejó deseando más.

–Le pediré a mi chófer que te lleve a Manarolo –dijo luego, sacando el móvil del bolsillo.

–No es necesario.

–Insisto.

Estaba dándole una orden, pero Gemma no tenía la menor intención de obedecer porque su plan era ir a Milán. Pero Stefano no debía saberlo.

Capítulo 9

EN CUANTO su chófer lo llamó para decir que la señorita Cardone no había salido del hospital, Stefano supo que lo había engañado.

Debía de haber salido por alguna puerta trasera, pensó.

Estaba convencido de que no había ido a Manarolo para ver a su abuela, sino a Milán. Y a menos que él pudiera llegar antes de que saliera el tren, le perdería la pista.

Llegó a la estación unos minutos después y estaba pensando que debía haber tomado el tren que acababa de salir cuando la vio en el andén. Llevaba una bolsa de viaje en una mano y un paquete en la otra, un regalo tal vez. ¿Para la misteriosa Rachel?

Aunque le gustaría abordarla de inmediato temía que no lo llevase a su destino. Era tan leal a su padre...

¿Qué tendría que hacer él para ganarse tal devoción?

Confianza.

No confiaba en Gemma y ella no confiaba en él. Eran como dos felinos vigilándose el uno al otro, los dos desconfiados, los dos sabiendo que el encuentro terminaría en una explosión.

Tal vez eso era lo que lo atraía de ella.

Con la excepción de esos misteriosos viajes a Milán, Gemma había sido sincera con él y le sorprendía disfrutar de su compañía más de lo que disfrutaba de la compañía de otras mujeres.

Sí, había usado la táctica equivocada con ella desde el principio, pensó. Gemma no se acobardaba ni confesaba sus secretos en un momento de pasión. Mantenía la cabeza fría y se guardaba las confidencias porque su lealtad a Cesare estaba por encima de todo.

Milán.

La ciudad a la que su padre y ella escapaban con preocupante regularidad. Sospechaba que encontraría a la misteriosa Rachel allí.

La hija de un amigo, había dicho.

Lo que no entendía era qué tenía que ver su padre con eso.

Stefano sonrió cuando el tren arrancó con destino a Milán. Sólo era una cuestión de tiempo descubrir cuál era su juego.

El timbre del móvil parecía un estruendo en los confines del vagón. Gemma contestó inmediatamente, temiendo que Cesare hubiera empeorado y Stefano la llamase para decírselo.

Pero no era él, sino el director del banco con el que se había puesto en contacto para pedir el préstamo. Y antes de que pudiera decirle que ya no era necesario, él empezó a soltar una parrafada sobre los problemas del hotel.

—El inspector ha puesto atención especial en la

propiedad y no hay ninguna prueba de que se hayan hecho reformas en los últimos años.

–Eso es imposible –dijo Gemma–. Yo he enviado miles de euros...

–Tal vez, pero le aseguro que no hay reforma alguna. De modo que no podemos darle un préstamo por esa cantidad.

Gemma guardó el móvil, con el corazón encogido. No tenía la menor duda de lo que había pasado.

Había confiado en su hermano, le había creído cuando le contaba cómo iban las obras. Incluso se había sentido agradecida por no tener que ir a Manarolo mientras se recuperaba en el hospital para ver el trabajo en persona.

Su mujer y él le habían mentido durante un año y dudaba que su abuela supiera nada del asunto porque sólo le había prometido que el hotel volvería a ser precioso, pero no le había dicho nada sobre las reformas.

Y era lógico que su abuela le hubiera dado a Emilio sus acciones porque seguramente también la había engañado a ella.

¿Y el dinero? Emilio se lo había jugado en el casino, estaba segura.

Se le encogió el corazón al pensar que tendría que contarle la verdad a Stefano. No podía engañarlo ahora que se lo había comprado a su hermano. Y no podría acostarse con él sabiendo que había otra mentira entre ellos. Si Stefano descubría el estado del hotel, seguramente pensaría que había querido engañarlo a propósito.

No, tendría que confiar en que Stefano iba a creerla. ¿Pero y si no lo hacía?

Gemma tragó saliva mientras miraba por la ventanilla. Si rescindía su oferta y la despedía no sabía qué sería de ella y, sobre todo, de Rachel.

Stefano se preguntó quién habría llamado a Gemma porque la llamada había sido muy breve, pero su postura había cambiado por completo. Había bajado los hombros y parecía inclinada sobre sí misma...

Le gustaría consolarla, pero no quería que supiera que la estaba siguiendo por miedo a que cambiase de planes. No podía arriesgarse cuando estaba a punto de descubrir quién era Rachel y cuál era la relación entre Gemma y su padre.

De modo que se movió, incómodo, en el asiento intentando endurecer su corazón. Pero, por primera vez, fracasó miserablemente.

El colegio Benvenutto estaba en la mejor zona de Milán y tenía un gran patio rodeado de árboles en una ciudad que era de cemento y mármol. Como el colegio privado al que había acudido Stefano de niño, era un edificio muy antiguo. Pero antiguo en Milán significaba Renacimiento y aquel edificio no era una excepción.

Se mantuvo a cierta distancia de Gemma para evitar que lo viese mientras salía de la estación, pero cuando entró en el colegio aceleró el paso.

Estaba a un metro de la enorme escalera de mármol que llevaba al segundo piso y oía las risas de unas niñas apoyadas en la balaustrada. Todas iban con uniforme y debían de tener entre seis y quince años.

–¡Gemma! –gritó una de ellas, corriendo escaleras abajo para echarse en sus brazos.

La niña debía de ser Rachel.

–¡No me lo puedo creer! –exclamó Gemma, apartándose un poco para mirarla–. Has crecido por lo menos tres centímetros desde la última vez que te vi.

Cuando la niña sonrió, a Stefano se le encogió el corazón. No podía ser, sus ojos debían de estar engañándolo. Pero no, no era un error, aquella niña era una Marinetti.

¿Sería hija de su padre?

La niña lo vio en ese momento y se quedó inmóvil durante un segundo, pero enseguida corrió hacia él, conteniendo a duras penas el impulso de echarse en sus brazos.

–¡Por fin has venido!

–¡No, ven aquí! –la llamó Gemma, aturdida.

Pero era demasiado tarde.

Rachel estaba delante de él, con una sonrisa de oreja a oreja y unos ojos brillantes de alegría.

–Eres más guapo en persona que en foto.

–*Grazie* –murmuró Stefano, perplejo–. ¿Sabes quién soy?

–Claro, papá me ha enseñado muchas fotografías. Eres mi hermano.

Maledizione!

Su madre estaba en lo cierto, Cesare había tenido una aventura. Pero no tan recientemente como creían.

Rachel no era tímida ni reservada, todo lo contrario. Era una niña alegre, directa y evidentemente deseosa de atención.

—Rachel, por favor —empezó a decir Gemma, tirando de ella para apartarla de Stefano.

—¿Dónde está mi padre? ¿No ha venido?

—No, esta vez no. Pero te ha enviado esto...

Gemma le dio el paquete que llevaba en la mano y la niña lanzó un grito después de rasgar el papel.

—¡Es un jersey precioso! ¿Es de angora?

—Sí, claro. ¿Por qué no lo dejas en tu taquilla hasta que terminen las clases?

—Muy bien, ahora vuelvo —Rachel miró a Stefano a los ojos—. ¿Vas a venir al médico con nosotras?

—No —dijo Gemma.

—Claro que sí —respondió Stefano al mismo tiempo.

Rachel sonrió antes de salir corriendo escaleras arriba y él la siguió con la mirada, sin saber qué pensar.

—¿Cómo te atreves a seguirme? —le espetó Gemma en cuanto se quedaron solos.

Stefano levantó una ceja.

—¿Por qué nadie me había dicho que tengo una hermana?

—Pregúntale a tu padre.

—¿Estás diciendo que no lo sabes? Tú eres su ayudante y conoces todos sus secretos, por lo visto. Seguro que sabes por qué decidió mantener a su hija en secreto.

Gemma se pasó una mano por la cara, nerviosa.

—Mira alrededor. Éste no es sitio para hablar de eso.

Stefano apretó los dientes, pero tenía razón. Debía contener su impaciencia.

–¿Es la única o mi padre ha tenido otros hijos de los que nadie sabe nada?

–Que yo sepa, Rachel es su única hija.

Y esa hija bajaba la escalera corriendo con una sonrisa que podría rivalizar con los rayos del sol.

–¿Dónde está su madre?

–No lo sabemos –dijo Gemma en voz baja–. Abandonó a Rachel en el hospital cuando tenía seis años.

–¿Qué edad tiene ahora?

–Siete.

Siete años antes, Stefano había terminado la carrera y empezó a trabajar en Marinetti, lleno de nuevas ideas para la compañía; ideas que su padre se había negado a tomar en consideración porque era un hombre «tradicional».

–Somos leales a la comunidad, a nuestros empleados y a nuestros clientes –le había dicho.

Y mientras lo obligaba a respetar las tradiciones, su padre tenía una aventura que había dado como resultado una hija.

Gemma no podía controlar el nerviosismo. Stefano estaba sentado al lado de Rachel en la sala de espera de la oncóloga y parecía tranquilo. Demasiado tranquilo, en su opinión.

Tenía que darse cuenta de que su charlatana hermanastra de repente se había quedado callada, pero no hizo ninguna pregunta. Sencillamente se sentó al lado de Rachel mientras hojeaba una revista económica.

La puerta se abrió entonces y una enfermera asomó la cabeza.

—Rachel Pantaleone.

Gemma se preguntó si el apellido le resultaría familiar. Debía de serlo porque Stefano había arrugado el ceño.

—¿Quieres que te acompañe, Rachel? –le preguntó.

—Sí, por favor –contestó la niña, tomando su mano como solía hacer con su padre.

Y los ojos de Gemma se llenaron de lágrimas. Había rezado para que Cesare le confiara aquel secreto a su familia algún día porque quería que Rachel viviera con su padre y no con una niñera... y era lógico que la niña gravitase hacia su hermano, pero jamás se le ocurrió que Stefano pudiera mostrarse tan cariñoso con ella.

Pero sabía que estaba decidido a descubrir todos los secretos de su padre y no sabía cuál sería su reacción cuando supiera que ella estaba involucrada.

La doctora los recibió en su consulta con una sonrisa.

—Veo que has venido acompañada, Rachel.

La niña asintió con la cabeza.

—Es mi hermano, Stefano. Es muy guapo, ¿a que sí?

La oncóloga soltó una carcajada.

—Soy la doctora La Rizza, por cierto –se presentó, ofreciéndole su mano.

—Encantado –dijo Stefano.

—He leído un artículo sobre ese yate que no contamina... muy impresionante.

–Puede venir al astillero cuando quiera –dijo Stefano–. Le enseñaré el yate de arriba abajo.

Gemma tragó saliva, incómoda. Y sabía por qué: celos. Estaba coqueteando con la doctora... y delante de su hermana.

Una hermana que parecía encantada, además.

Rachel confiaba en el hermano del que tanto había oído hablar, pero ella se mostraba más reservada porque, como había descubierto recientemente, los hermanos también podían traicionarte.

Si su hermano, al que había querido y cuidado siempre y al que había ayudado en sus peores momentos, podía apuñalarla por la espalda, ¿estaría Rachel a salvo con un hermano que era un perfecto extraño? Un hombre que no había tenido el menor problema en darle la espalda a su familia.

–Imagino que sabrá que seguimos vigilando a Rachel muy de cerca.

Stefano hizo una mueca.

–La verdad es que agradecería que me contase algo más.

–Muy bien –la doctora sacó el informe médico de Rachel y le explicó cómo iba su recuperación y el régimen médico diseñado para mantener los marcadores bajos–. No me puedo imaginar qué habría pasado si no hubiéramos encontrado un donante.

–Papá estaba muy disgustado porque él no podía serlo –dijo Rachel.

–Ya me imagino –murmuró Stefano, sin entender muy bien a qué se refería.

–¿Tú habrías donado tu médula ósea? –le preguntó Gemma.

–Sin la menor duda –respondió Stefano.

Y ella supo que lo decía de corazón.

–Si tiene alguna pregunta más, volveré cuando terminemos con la tomografía y el resultado del análisis de sangre –dijo la doctora.

Gemma intentó calmarse mientras se llevaba a la niña para hacerle pruebas, algo a lo que Rachel ya estaba más que acostumbrada.

Que los marcadores aumentasen o que algo indicase que el cáncer había vuelto era una eterna preocupación. Ella querría librarla de aquella enfermedad que se había llevado la vida de su madre...

No había podido salvar a su madre y aquélla era su redención. Tal vez más porque Rachel era una niña a la que nadie había querido.

En cuanto la puerta se cerró, Stefano se volvió hacia ella, muy serio.

–¿Por qué nadie se preguntó si yo podría haber sido donante de médula ósea?

–Cesare no quería que tu madre supiera nada sobre Rachel.

–¿Era demasiado cobarde como para confesar su infidelidad?

–Tal vez intentaba protegerla, no lo sé. Me dijo que su mujer no era una persona muy compasiva, que no lo entendería y que ya había sufrido mucho con la muerte de tu hermano y su familia.

La expresión dolida de Stefano le dijo que también él había sufrido.

–Debería haberle hablado de Rachel hace años.

–Cesare no sabía nada sobre ella hasta hace un

año. Una asistente social del hospital lo llamó para decirle que la niña estaba grave.

Stefano se pasó una mano por la cara.

–¿Eso fue antes del accidente de Davide?

–No, después. Rachel estaba muy enferma y tu padre acababa de enterrar a su hijo... no podía dejar que Rachel muriese, así que sacó dinero de la empresa para pagar el tratamiento.

–¿Cómo es posible que una secretaria se haya involucrado tanto en los asuntos de su jefe? ¿Por dinero?

Esa acusación le dolió, pero Gemma decidió no contestar.

«Cuéntaselo todo», le decía una vocecita. Pero eso significaría hablarle de sus propios miedos, de su sentimiento de culpa.

–Yo estaba en la universidad, en Milán, ya te lo dije. Y trabajaba como voluntaria en el hospital los fines de semana cuando ingresaron a Rachel. La niña llevaba una carta en la que su madre explicaba que no podía pagar el tratamiento y que el padre era Cesare Marinetti, de modo que se pusieron en contacto con él.

–¿Se hizo una prueba de ADN?

–Sí, de inmediato. Y el resultado dejó claro que era verdad.

–Eso es evidente sólo con mirarla. E imagino que tú eras la única persona en la que mi padre podía confiar.

–Sí –dijo Gemma.

La niña necesitaba un transplante de médula ósea y ella era la donante perfecta, pero no quería hablar de eso cuando había tanto en juego.

–Ahora que sabes lo de Rachel, imagino que estarás de acuerdo en que no debería seguir en el colegio. Debería tener una vida normal, como las demás niñas.

Stefano se acercó a la ventana y puso las manos en el cristal.

–El colegio al que va no es un internado. ¿Quién cuida de ella?

–Tu padre contrató a una niñera que se encarga de atenderla, pero no es lo mismo que vivir con su familia.

–¿Rachel ha protestado alguna vez?

–Seguro que sí –dijo Gemma–. Debería vivir en Viareggio, con su familia. Rachel merece tener una vida normal.

–¿A qué te refieres con normal? Yo fui a un colegio privado y rara vez veía a mi familia, esto es lo mismo. La niña va un colegio en Milán, su médico está en Milán...

–En otras palabras, que si se queda aquí no te molestará –dijo ella, enfadada.

–Yo creo que es lo mejor para todos.

–Tú no sabes lo que es mejor para Rachel. No la conoces y está claro que no tienes intención de conocerla.

Stefano la miró entonces.

–Mi padre decidió que la niña estuviera aquí y habrá que respetar su decisión.

–Entonces no podía hacer otra cosa, pero últimamente hablaba de llevarla a Viareggio para verla a diario.

–Como te puedes imaginar, eso es imposible. Los

médicos no saben si podrá recuperarse lo suficiente como para cuidar de sí mismo y mucho menos de una niña tan pequeña.

Gemma lo suponía, pero saberlo hizo que se le encogiera el corazón.

–Tu padre me pidió que cuidase de Rachel si a él le ocurría algo. Y supongo que habrá hecho los cambios necesarios en su testamento, así que tú no tendrás que preocuparte por el dinero.

–¿Mi padre estableció un fideicomiso para Rachel? ¿Por eso insistes en cuidar de ella? ¿Esperas controlar su fortuna?

Gemma se levantó de la silla, indignada.

–Estoy haciendo esto porque quiero a Rachel. Si Cesare ha creado un fideicomiso para ella, el dinero es suyo, yo no tengo el menor interés.

–Qué noble por tu parte –dijo él, irónico–. Pero Rachel no es responsabilidad tuya.

–Tú no quieres saber nada de ella, ¿por qué pones tantas pegas?

–Porque es una Marinetti.

Como si eso significara algo especial.

–Es una niña que necesita compañía y cariño y yo puedo darle eso. ¿Puedes hacerlo tú, Stefano?

–Yo me encargaré de que no le falte nada.

Gemma suspiró, frustrada.

–¡Eso no es abrirle tu corazón y eso es lo único que necesita!

–Soy su hermano. Si mi padre no puede cuidar de ella, lo haré yo.

–Pero tú no la quieres...

–Dudo que mi padre la quisiera al principio.

Gemma suspiró de nuevo. ¿Habría alguna manera de llegar a su corazón?, se preguntó. ¿Podría convencerlo de que tener una familia lo haría mejor persona?

—Cesare podría no haber hecho nada, pero buscó los mejores médicos y el mejor tratamiento. No se separó de Rachel cuando estaba más frágil y enferma, con pocas posibilidades de sobrevivir... incluso después de haber encontrado un donante. ¿Haría eso un hombre al que no le importase la niña?

Stefano se quedó callado durante unos segundos.

—No, supongo que no.

Gemma no se engañó a sí misma pensando que esa pequeña concesión era una señal de que empezaba a ceder. Dudaba que Stefano Marinetti hubiese concedido la derrota en toda su vida.

Pero ella no estaba dispuesta a dejar a Rachel a su cargo.

—Por favor, deja que cuide de ella. La niña me necesita.

Stefano levantó su barbilla con un dedo, el roce haciendo que sintiera un torrente de conflictivas emociones: rabia, miedo, deseo.

—¿De verdad te necesita, *bella*, o tú la necesitas a ella?

Capítulo 10

EL TEMBLOR de sus labios confirmó lo que Stefano sospechaba: Gemma Cardone estaba obsesionada con encargarse de Rachel.

No tenía sentido para él que una persona sintiera tal cariño por una niña que no era nada suyo. Pero estaba claro que Rachel y ella compartían un lazo tan fuerte como el lazo de la sangre...

–Ese donante de medula ósea... fuiste tú, ¿verdad? –le preguntó, convencido de haber entendido la situación.

–Sí –contestó Gemma.

La admisión hizo que el resto de las piezas del rompecabezas cayeran en su sitio. El dinero que su padre había puesto en una cuenta a su nombre había sido una recompensa por la donación de médula ósea.

–Mi padre te pagó muy bien.

–Yo no le pedí dinero y no lo quería.

–Pero lo aceptaste de todas formas.

–Cesare insistió –dijo Gemma.

–¿Y también insistió en que te convirtieras en su secretaria?

Gemma se mordió los labios y esa ligera vacilación fue como la sangre para un tiburón. Seguía escondiéndole algo, ¿pero qué?

–Necesitaba un trabajo.

–Y él necesitaba una confidente, alguien que lo ayudase a guardar el secreto.

–Cesare no quería hacerle daño a su familia.

Stefano asintió con la cabeza. Su padre se había encontrado en una situación muy difícil, con una hija ilegítima y una mujer celosa que jamás hubiera aceptado a Rachel.

–¿Eres pariente de la niña? –le preguntó entonces.

–No, ¿por qué lo preguntas?

–Estoy intentando entender por qué alguien le daría tanto a una extraña.

–Porque era lo que debía hacer.

–Vamos, Gemma. Deberías saber que puedes confiarme tu secreto –Stefano acarició su cara con un dedo y tuvo la satisfacción de ver que se ponía colorada–. ¿Por qué te hiciste la prueba, *bella*?

–Estaba en la lista de posibles donantes.

–¿Y por qué estabas en esa lista?

–Porque quería ayudar. Quería salvar una vida –contestó ella, sin mirarlo.

–Hay algo más. Dímelo.

Gemma intentó apartarse, pero Stefano la sujetó del brazo.

–¿Por qué, Gemma? ¿Por qué incluiste tu nombre en esa lista?

–Porque me prometí a mí misma que no dudaría en salvar la vida de otra persona si volviese a tener la oportunidad –dijo ella por fin.

–¿Si volvieses a tener la oportunidad?

Gemma tenía los ojos empañados, como si estuviera reviviendo un momento doloroso. Y, al verla tan angustiada, Stefano la tomó entre sus brazos.

–No te preocupes –le dijo, secando sus lágrimas con un dedo y sintiéndose más cerca de ella en aquel momento que cuando hacían el amor.

–Mi madre tenía leucemia y necesitaba un transplante de médula ósea. Nadie de la familia podía hacerlo, sólo yo.

–¿Donaste medula ósea para salvar a tu madre?

–No, tenía miedo y estaba desconcertada –Gemma se mordió los labios–. Era demasiado joven para entender lo que pasaba y mi madre insistió en que no lo hiciera porque no quería verme sufrir.

–Estaba protegiéndote.

–Tal vez, pero a mí me daba miedo la operación. Fui egoísta porque temía que darle parte de mí me haría más vulnerable a la enfermedad que la estaba matando a ella. Puse mis sentimientos por encima de su vida... pensé que encontrarían otro donante –Gemma tragó saliva–. Pero no fue así.

Stefano no sabía qué decir, de modo que siguió abrazándola.

–¿Cuántos años tenías entonces?

–Doce –contestó ella–. Podría haberle salvado la vida de haber dicho que sí enseguida, pero para cuando accedí a hacerlo mi madre estaba demasiado débil. Murió al día siguiente.

–*Bella* –Stefano inclinó la cabeza y besó sus párpados cerrados–. Eras una niña entonces. Debes olvidar lo que pasó.

¿Y no sería sensato que él hiciera lo mismo?, se preguntó entonces. No podía seguir pensando que todas las mujeres eran buscavidas, dispuestas a lo que fuera por dinero.

No podía seguir aislándose de su familia, especialmente con su padre gravemente enfermo y teniendo una hermana que lo necesitaba.

Como si hubiera leído sus pensamientos, Gemma dijo entonces:

—Por favor, dime que pensarás lo de llevar a Rachel a Viareggio.

La puerta se abrió en ese momento y Rachel entró en la sala, interrumpiendo la conversación.

—¿Podemos ir a tomar un helado?

—Es una idea estupenda —asintió Gemma, abrazándola—. ¿Vienes con nosotras, Stefano?

—No dejaría que fuerais sin mí —contestó él.

El afecto que sentía por la niña lo emocionaba. Era una buena persona, más que eso. Y sería una buena madre y una esposa estupenda. ¿Pero estaba preparado para un compromiso de ese calibre o la veía como la persona que le haría la vida más fácil y las noches más interesantes?

Le gustaría saberlo porque Gemma merecía algo más que dinero. Merecía su amor.

Gemma había esperado que Stefano se mostrase reservado con Rachel, pero la trataba como si la conociese de toda la vida, como si fuera su hermana desde siempre.

De hecho, aquel día estaba siendo maravilloso. Con la excepción de ese momento en el que había tenido que desnudarle su alma, recordando cosas que le partían el corazón. Pero Stefano la había abrazado con tal ternura que decidió hacer lo que sugería, intentando librarse del sentimiento de culpa que la había perseguido desde la muerte de su madre.

La cuestión ahora era qué sería del futuro de todos ellos. Gemma esperaba que Stefano quisiera volver de inmediato a Viareggio, pero después de dejar a Rachel con su niñera no parecía tener prisa.

–Estoy muerto de hambre –le dijo, mientras entraban en un restaurante–. Imagino que tú también.

–Sí, la verdad es que sí.

El camarero los llevó a una mesa separada de las demás por un biombo, donde podrían charlar con tranquilidad. Stefano parecía muy animado y esperaba que conocer a su hermana hubiera provocado ese cambio. ¿Se habría dado cuenta por fin de la importancia de la familia o estaría intentando seducirla de nuevo? No, imposible, los dos tenían demasiadas preocupaciones.

–Estás muy animado –le dijo.

–Siempre me siento más tranquilo después de haber tomado una decisión importante.

–¿Eso significa que has cambiado de opinión sobre el futuro de Rachel?

–No, por el momento ese asunto está como debe estar.

«Por el momento». Gemma se agarró a esas palabras, esperando que pronto se diera cuenta de la realidad y recibiera a Rachel en su casa y en su vida.

–¿Entonces cuál es la decisión?

–Este asunto entre tú y yo.

El corazón de Gemma se aceleró. Debía de querer decir que el contrato ya no tenía valor.

Treinta días de sexo a cambio de la escritura del hotel; un hotel que necesitaba serias reformas y que no valía ni una fracción del dinero que Stefano había pagado por él.

«Díselo», le pedía una vocecita. «Cuéntaselo para que no haya más secretos entre vosotros».

Pero no encontraba las palabras. O tal vez no encontraba valor para hacerlo.

Porque cuando Stefano supiera que lo había engañado, a su pesar, rompería ese contrato y la despediría de manera fulminante.

–Depende de ti quedarte en Marinetti o marcharte –dijo él entonces–. Yo necesito una ayudante personal, Gemma. Te necesito a ti.

–Pero el contrato...

–¡Al demonio el contrato! El hotel es tuyo –dijo Stefano, sorprendiéndola de nuevo–. Lo que has hecho por mi hermana no tiene precio.

–Te he dicho que yo no quería ese dinero...

Él hizo un gesto con la mano, como si no tuviera importancia.

–Eres muy eficiente, preciosa, inteligente... y no hay nada que te impida viajar conmigo. Por supuesto, triplicaré el sueldo que recibes ahora.

Siempre se trataba de dinero con él, pensó. Stefano estaba acostumbrado a comprar lo que quería. ¿Y no era eso lo que intentaba hacer con ella?

Seguirían siendo amantes porque le resultaba imposible estar con aquel hombre y no acostarse con él. ¿Llegaría a amarla con el tiempo?, se preguntó.

Y luego estaba el dinero que le había ofrecido, un

dinero que necesitaba urgentemente para hacer reformas en el hotel.

–Bueno, *cara*... ¿hay una razón para pedir una botella de champán?

Gemma levantó la mirada y tembló al ver el brillo de deseo en sus ojos.

Su amante. Su amor.

–Muy bien, acepto –dijo por fin.

Stefano esbozó una sonrisa mientras brindaba con ella, la viva imagen de un hombre que había conseguido lo que quería.

–Por nuestra nueva relación.

–Por nosotros –dijo ella, sabiendo que no había vuelta atrás.

Stefano iba en el asiento trasero de la limusina, con Gemma apretada contra su costado. Y, por primera vez en mucho tiempo, se sentía feliz.

No tenía la menor duda de que sería una ayudante perfecta, dentro y fuera del dormitorio. En aquel momento de su vida necesitaba a alguien en quien pudiera confiar, alguien que estuviera a su lado día y noche.

–¿Ése es el puerto? –preguntó ella.

–Sí, he llamado para que atracasen el yate –murmuró Stefano, pensativo.

Deseaba a Gemma y ahora que había aceptado ser su ayudante no podía pensar en otra cosa que no fuera satisfacer ese deseo.

El paseo desde el muelle hasta el yate le pareció interminable y el repiqueteo de sus tacones sobre la cubierta aceleraba el ritmo de su corazón.

Una vez en el camarote la tomó entre sus brazos, buscando sus labios como un hombre hambriento.

–*Bella*... –murmuró.

Ella le devolvió el beso con la misma pasión, sus lenguas enredándose en un baile perfecto. Sabía que esa noche le daría un placer supremo, lo que lo sorprendía era aquella sensación de que todo era nuevo para él.

Pero en aquel momento le daba igual cómo o por qué. Le costaba trabajo quitarle la ropa, algo que solía hacer con toda facilidad, pero la tarea era imposible porque no podía dejar de besarla, no quería separarse de ella ni un milímetro.

Sabía a champán y a deseo mientras se apretaba contra él en silenciosa demanda... y él estaba deseando complacerla.

Por fin, cuando no pudo esperar más, se apartó para quitarle la ropa.

–Me vuelves loco, Gemma...

Ella sonrió con esa sonrisa de sirena, bajando los tirantes del vestido, que cayó a sus pies con un frufrú de seda.

Stefano se quedó sin aliento al ver la curva de sus pechos, sus redondeadas caderas y el triángulo de rizos entre sus piernas.

–Eres preciosa.

–Tú también –dijo ella.

La evidencia de su deseo creció un poco más. ¿Y por qué no si Gemma lo miraba con descarada admiración? No fingía nada, sencillamente estaba allí, gloriosamente desnuda delante de él, acariciándolo con la mirada.

La mayoría de sus amantes estaban exclusivamente concentradas en mostrar sus encantos, pero Gemma no era así.

Tenía el cuerpo de una diosa, pero no parecía darse cuenta. No había artificio en ella. ¿Por qué no lo había visto antes?

Porque su madre había creído que era la amante de su padre y él no había querido ver más allá, culpando a Gemma de todo.

Y su deseo de venganza había estado a punto de costarle la única mujer que había amado nunca...

¿Amado?

No podía ser amor, ¿pero qué otra cosa explicaba esa obsesión por ella? ¿Los celos que había sentido cuando la imaginaba en brazos de otro hombre, la sensación de estar completo cuando se enterraba en ella?

Era su amante, sólo suya, y sería suya durante el tiempo que quisiera. Le había sido absolutamente leal a su padre, guardando los secretos que le había pedido que guardase, pero Stefano quería esa lealtad para sí mismo. Quería que Gemma fuera su ayudante, su confidente, su amante.

¿Quería casarse con ella?

No, aún no estaba preparado para ese compromiso. Necesitaba comprobar que su afecto era genuino, que estaba con él porque lo deseaba de verdad.

Que lo quería por él y no por su dinero.

–*Cara mia...* –murmuró, admirando la suavidad de su piel mientras besaba su garganta.

El seductor suspiro que escapó de la garganta de Gemma lo excitó aún más.

–Te quiero.

El corazón de Stefano se detuvo durante una décima de segundo. Muchas mujeres le habían dicho eso, pero nunca había creído que fuese verdad hasta aquel momento. Y nunca había creído que dos palabras pudieran tener tanto poder hasta que las oyó de labios de Gemma.

Y, por supuesto, ella esperaría lo mismo.

Amaba su cuerpo, su valentía, su lealtad, pero no podía decir que la quería. No la engañaría.

–Esto es sólo el principio –musitó, mientras se enterraba en ella.

Gemma respondía con dulce pasión, clavando las uñas en su espalda. No había avaricia o artificio en su forma de hacer el amor, se entregaba del todo y él le devolvía esa pasión con una ternura de la que no se creía capaz.

Se sentía completo y era una sensación de la que pensaba disfrutar a menudo, pero no se engañaba a sí mismo pensando que iba a durar porque eso significaría que por fin había encontrado a su alma gemela.

Que podría confiar en ella para siempre.

Si no podía hacer eso, su interludio amoroso con Gemma sólo sería eso, un momento robado.

Capítulo 11

GEMMA tenía la cabeza apoyada sobre el pecho de Stefano, escuchando los latidos de su corazón. Jamás habría imaginado que pudiera sentir aquella unión con un hombre, especialmente cuando apenas se conocían.

Pensar que una semana antes había pensado lo peor de él. No lo creía capaz de sentir emoción alguna y, sin embargo, ahora estaba segura de que escondía esa parte de sí mismo a los demás.

Ella no había conocido el amor hasta aquel momento y le sorprendía haber perdido el corazón de esa manera. Su mundo y el mundo de Stefano eran totalmente diferentes y, sin embargo, habían encontrado terreno común. ¿O sólo los unía la pasión?

No, no podía ser. Ningún hombre podría hacer el amor con tal ternura si su corazón no estuviera involucrado.

¿Y el puesto de trabajo que había creado para ella?

¿No lo había hecho para que pudieran estar juntos el mayor tiempo posible? ¿No era una señal de que quería que fuera parte de su vida?

Como su amante, no como su mujer.

Gemma hizo una mueca. Ayudante personal sonaba mejor que acompañante pagada, pensó, irónica.

Además, si Stefano sólo quisiera una amante no habría creado un puesto en su empresa para ella.

No, era una señal de que confiaba en que llevara sus asuntos personales y eso debía incluir a su familia. ¿Y si no era así?, se preguntó. ¿Y si sólo estaba viendo lo que quería ver?

–¿Qué ocurre? Tienes el ceño fruncido –dijo Stefano entonces.

–Estaba pensando en tu familia.

–No hay sitio para la familia en la cama, *cara* –dijo él, buscando sus labios.

Pero Gemma se apartó.

–Tenemos que hablar.

Protestando, Stefano se tumbó de lado para mirarla.

–Hablar es lo último que me apetece en este momento.

–Espero que te des cuenta de que Rachel debería vivir contigo.

Él se puso tenso de inmediato. Incluso el aire parecía cargado de tensión.

–Ya hemos hablado de eso, *bella*. Si mi padre hubiera querido que todo el mundo conociera la existencia de Rachel, la habría llevado a Viareggio. Pero en lugar de eso la mantuvo en Milán, a salvo de un mundo con el que es demasiado joven para lidiar.

–Al principio sí porque la niña estaba enferma, pero Cesare pensaba contárselo a todo el mundo, te lo aseguro.

–¿Cuándo pensaba hacerlo?

–La última vez que fuimos a ver a Rachel, Cesare me dijo que quería llevarla a casa.

–A Viareggio.

–Así es, a su casa.

–Mi madre no lo hubiera permitido nunca.

–Pocas personas aceptarían como suyo al hijo ilegítimo de su pareja, pero Cesare estaba decidido a hacer que tu madre entrase en razón.

Gemma no quería ni imaginar las amargas palabras que habrían intercambiado cuando le confesara su infidelidad y la existencia de su hija. Era lógico que hubiera sufrido un infarto.

–No entiendo que quisiera pedirle eso a mi madre.

–Quería que su familia estuviera unida y Rachel es parte de su familia, Stefano.

–Mi madre nunca lo habría perdonado.

–¿Y tú?

–Yo tampoco.

–¿Entonces por qué insistes en hacerte cargo de Rachel cuando tu padre la dejó a mi cuidado?

Stefano la miró entonces, enfadado, pero con un brillo de vulnerabilidad en los ojos.

–Porque es una Marinetti.

Gemma levantó las manos al cielo.

–No entiendo nada. Dices que es de tu familia, pero no la quieres en tu vida. Eso no es justo para ella. Rachel no tiene la culpa de nada y no es lo que Cesare quería.

Stefano saltó de la cama entonces, su ancha espalda cargada de tensión.

–Está claro que mi padre se ha hecho cargo de todos los gastos, pero Rachel vive en Milán y allí debe seguir por el momento. ¿Por qué cambió de opinión repentinamente? ¿Por qué quería llevarla a casa?

–No lo sé, pero hablaba de ello a menudo después de su última visita.

De hecho, Cesare parecía obsesionado con llevarse a la niña a casa.

Stefano se acercó a la ventana, pensativo, y Gemma suspiró porque ninguna estatua podría compararse con su potente masculinidad y su belleza.

–Cada vez que mi padre y tú ibais a Milán, mi madre me llamaba para quejarse de su infidelidad.

–¿Y por qué no hablaste con tu padre?

–Que un hombre tenga una aventura después de más de treinta años de matrimonio es algo esperado –Stefano se encogió de hombros.

–Yo no toleraría una infidelidad –dijo Gemma, molesta por la punzada de celos que sintió al imaginarlo con otra mujer.

–Ni yo tampoco –admitió él–. Soy fiel a mis amantes y exijo lo mismo.

Gemma se levantó entonces para abrazarlo.

–Yo nunca te traicionaría.

–*Bella* –Stefano pasó un dedo por sus labios... unos labios temblorosos porque aún escondía la última verdad–. Me alegro de que mi madre nunca supiera nada de Rachel.

Ella suspiró, sabiendo que lo que iba a decir pondría furioso a Stefano. Pero ya había habido demasiadas mentiras entre los dos.

–Sí lo sabía.

–¿Qué?

–Tu madre sabía de la existencia de Rachel.

–No te creo. Me habría llamado inmediatamente...

–Cesare se lo contó todo e imagino que te habría llamado de haber tenido tiempo.

Stefano empezó a pasear por el camarote.

–¿Cuándo se lo contó?

–El día del accidente, mientras iban a su restaurante favorito –Gemma se cruzó de brazos–. Tu padre me contó que tuvieron una amarga pelea, que tu madre se puso furiosa...

Stefano golpeó la pared con la mano.

–¿Cómo pensaba que iba a reaccionar ante esa noticia?

Ella sacudió la cabeza. Cesare no había elegido un buen momento, pero tampoco sabía que su corazón iba a fallarle.

–En medio de la discusión sintió un terrible dolor en el pecho y perdió el control del volante. Cuando despertó en el hospital descubrió que había sufrido un infarto.

–Entonces te llamó por teléfono.

–Ya te lo dije el primer día. Me llamó para pedirme que protegiese a Rachel.

–¿Y que guardaras sus secretos?

–Sí, claro. Temía que tu reacción fuera peor que la de tu madre.

–No me extraña que no mejore –dijo Stefano entonces–. Se siente culpable por la muerte de mi madre.

Gemma habría querido abrazarlo, consolarlo, pero sabía que él no aceptaría ese consuelo.

–Nunca se perdonará a sí mismo por lo que pasó, así que tú tendrás que hacerlo.

–¿Por qué?

–Porque es tu padre y porque sólo un canalla vería con indiferencia el dolor de un padre.

Stefano arrugó el ceño.

–¿Y si lo fuera, *bella*?

Era una pregunta que se había hecho a sí mismo muchas veces. Su madre lo había llamado en ocasiones para rogarle que volviera a Viareggio, a la empresa, pero él había ignorado sus ruegos.

–No creo que seas tan egoísta como quieres hacerme creer.

–Piensa lo que quieras, pero yo siempre pongo el negocio por encima de todo lo demás.

Gemma sacudió la cabeza.

–Has vuelto para encargarte de la empresa de tu padre mientras él está en el hospital...

–Mi padre no volverá a dirigir Marinetti.

–Sí, ahora me doy cuenta de que ya no podrá hacerlo. Pero cuando aceptaste echarle una mano...

–No soy el hijo pródigo –la interrumpió Stefano–. Mi padre sufrió un infarto y sabía que no podía continuar. Tal vez ni siquiera quería hacerlo tras la muerte de mi madre. Por eso me llamó, porque sabía que sólo volvería a Marinetti para asumir el control de la empresa de forma permanente.

–Pero sigues teniendo obligaciones para con tu familia, Stefano. Tu padre, tu hermana...

–Me encargaré de que los dos tengan los mejores cuidados, no te preocupes. Y si eso significa llevar a mi hermana y a su niñera a Viareggio, lo haré. Pero no voy a sacrificar mi vida por nadie.

–Yo no he sacrificado la mía...

–¿Ah, no?

–Era mi obligación cuidar de mi abuela y de mi hermano cuando mi madre murió...

–¿Y qué harás cuando tu familia vuelva a necesitarte, vender un brazo, un riñón?

–¡Yo no he vendido mi médula ósea!

–No, pero el resultado es el mismo.

Gemma dejó escapar un largo suspiro.

–Por favor, no lleves a Rachel a tu casa como si fuera una obligación. Haz que sea parte de tu vida, no lo lamentarás.

Él no estaba tan seguro. ¿Cómo iba a incluir a una niña de siete años en su vida? Era imposible, pero Gemma no lo entendía.

Seguramente porque se veía a sí misma en la vida de Rachel. Era algo que hacía sin darse cuenta. Gemma cuidaba de los demás, se encargaba de salvarlos a expensas de su propia vida.

–¿Cuándo decidiste que debías vivir para los demás? ¿Fue a los doce años, cuando te culpaste a ti misma por la muerte de tu madre?

–Yo no vivo para los demás. Tengo mis propios sueños, mis ambiciones.

–¿Cuáles?

–Quiero que el hotel de mi familia prospere...

–Eso es negocio, me refiero a tu vida personal. ¿Qué quieres tener dentro de unos años?

Sus ojos se encontraron entonces y Stefano vio en ellos un brillo de... amor.

–Mi propia familia –respondió Gemma.

Como él había pensado.

No podía esperar que siguiera siendo su amante

para siempre. Gemma merecía casarse y tener una familia propia.

Pero hacía años que no dejaba que nadie entrase en su corazón. Especialmente una mujer.

«Gemma no es como tu cuñada».

Gemma era dulce, encantadora, generosa hasta el extremo.

Su hermana la adoraba. Su padre confiaba en ella. ¿Podría él hacer lo mismo?

Suspirando, se dirigió al baño pero se detuvo en la puerta para mirarla, desnuda en medio del camarote.

–Llegaremos a puerto dentro de unas horas. ¿Quieres que nos duchemos juntos?

Gemma se puso colorada.

–No, prefiero dormir un rato más.

Stefano sonrió. Tal vez era lo mejor. Cuanto antes la llevase a su casa, antes podría volver a concentrarse en el trabajo. Pero mientras el agua caliente caía por su espalda se encontró soñando en lo que pasaría por la noche, cuando volviera a tenerla entre sus brazos.

Ninguna otra mujer lo había cautivado como ella y se había equivocado al obligarla a convertirse en su amante, pensó entonces. Gemma merecía más que eso y él se encargaría de que lo tuviera.

Capítulo 12

GEMMA entró en el salón y se detuvo al ver a Stefano al teléfono. La fotocopiadora, el ordenador y el fax estaban encendidos, de modo que debía llevar un rato trabajando.

Y su traje de Armani casi le servía como armadura porque tenía un aspecto distante, frío, invencible.

Era como volver a aquel primer día en la oficina, cuando se hizo cargo de la naviera Marinetti. El cambio de amante apasionado a empresario implacable era absoluto.

No sabía si estaba negociando una compra o evitando una catástrofe. O quizá era una emergencia.

Se le encogió el corazón al pensar que hubiera recibido una llamada del hospital...

—¿Qué ocurre, Stefano? —le preguntó cuando colgó el teléfono, temiendo que Cesare hubiera empeorado—. ¿Tu padre está peor?

—No, sigue igual.

Gemma dejó escapar un suspiro, pero el alivio no duró mucho tiempo porque la expresión de Stefano seguía siendo extrañamente severa.

—¿Cuándo llegaremos a puerto?

—En unos minutos.

Cuando llegasen a Viareggio pasaría por su apartamento para recoger el correo, algo que no había podido hacer en varios días.

–¿Puedes pasarte sin mí esta mañana? Tengo muchas cosas que hacer.

–Tómate el tiempo que querías –dijo él, mirando unos papeles–. Al final, no voy a necesitarte como ayudante.

–¿Perdona? –exclamó Gemma, atónita–. ¿Qué quieres decir?

–He estado dándole vueltas al asunto y he decidido que tienes razón: Rachel necesita un ambiente familiar. Como tú te llevas tan bien con ella, creo que lo más lógico es que vivas con la niña.

¿Se había vuelto loco? Habían pasado la noche uno en brazos del otro y ahora, de repente, no lo conocía.

–No puedes esperar que tengamos una aventura con Rachel en casa.

–No, claro que no. Estaremos casados.

¿Casados? ¿Así, de repente, había decidido que se casaban?

–A ver, empieza desde el principio y dime de qué estás hablando. No entiendo nada.

–He decidido que vamos a casarnos. Mi abogado está terminando de redactar un acuerdo de separación de bienes que nos enviará por fax ahora mismo.

Gemma lo miró, boquiabierta. Había imaginado muchas veces que un hombre la pedía en matrimonio, pero jamás se le ocurrió que pudiera ser un frío acuerdo de negocios.

Y eso era exactamente, un acuerdo comercial.

No había ternura ni cariño alguno, ni la menor

preocupación por sus sentimientos. Ni una mención a la palabra «amor» porque Stefano no ponía su corazón en aquello.

Como todo lo que hacía, era un negocio. Lo hacía porque servía a sus propósitos, no a los de ella.

–No puedes pensar que voy a aceptar.

–¿Por qué no? Tú misma has dicho que esto es lo que Rachel necesita. Además, sé que me quieres.

Esa arrogancia hizo que le hirviera la sangre.

–¿Y tú? ¿Qué sientes por mí?

Stefano volvió a encogerse de hombros.

–Disfruto estando contigo más de lo que había disfrutado nunca con una mujer.

Disfrutar, no amar. No eran las palabras que Gemma quería escuchar. Ni siquiera se molestaba en decir que sentía afecto por ella. ¿El engaño de su cuñada y la aventura de su padre lo habrían marcado de por vida? ¿O estaba ella tan ciega de deseo y amor por aquel hombre que no había visto que era incapaz de sentir nada?

No lo sabía, pero no estaba dispuesta a aceptar. Ni siquiera por Rachel. Ya había dado demasiado de sí misma.

El fax pitó entonces, anunciando la entrada de un documento, seguramente el acuerdo de separación de bienes del que había hablado.

–Como verás, te he asignado una generosa pensión. Fírmalo para que podamos dar el siguiente paso.

–¿Y cuál es el siguiente paso? –preguntó ella, sin molestarse en mirar el documento.

–Casarnos. Si puedo arreglarlo todo, podremos hacerlo en dos semanas.

–¿De verdad crees que voy a aceptar?

–En mi círculo, los matrimonios de conveniencia son algo habitual –dijo Stefano–. ¿No te parece bien?

–No, no me parece bien –respondió ella–. No muestras emoción alguna cuando éste debería ser el día más maravilloso de nuestras vidas.

–Ah, tú quieres flores y corazones y todas esas cosas.

–Lo que quiero saber es qué hay en tu corazón, Stefano. Quiero que me pidas que me case contigo, no que me des una orden.

–¿Y qué más da? El resultado es el mismo.

Una semana antes Gemma habría aceptado creyéndolo su obligación. Pero ya no.

Ella quería romance, amor. Y no iba a casarse con un hombre que no sintiera lo mismo.

–La cuestión es que yo acepte tan absurda proposición o que me marche ahora mismo.

–¿Es una amenaza? –preguntó él.

–Es un hecho. Porque yo merezco algo más –dijo Gemma–. De repente, estás haciendo el papel de tirano y no sé por qué.

Vio que Stefano apretaba los labios, pero ésa fue la única señal de que sus palabras lo hubieran afectado en absoluto.

¿Lo que habían compartido no significaba nada para él?

–Había esperado que llegásemos a un acuerdo antes de irme a Londres –dijo él entonces.

–¿Por qué no me habías dicho que nos íbamos de viaje?

–Me voy yo, no tú –Stefano se levantó del sillón–.

Te he elegido como esposa, *bella*, y tu trabajo será darle una familia a mi hermana y a los hijos que tengamos.

Esas palabras fueron como un puñal en el corazón de Gemma. Quería casarse con él, quería ser la madre de sus hijos, quería amarlo hasta el último día de su vida, pero no así.

–El matrimonio sería real –dijo él entonces.

–¿Ah, sí? ¿Me quieres?

Stefano no respondió y eso le partió el corazón.

–Me importas más de lo que me ha importado nunca una mujer.

Pero eso no era amor.

No podía culparlo por ser sincero. Lo que habían compartido era lo que compartían dos amantes...

Una campanita indicó que acababan de llegar a puerto. Aquél era el final. Lo que tenía que hacer le dolía más que nada de lo que hubiera hecho nunca, pero no iba a dejarse utilizar.

–No, lo siento. No puedo ser una esposa de conveniencia.

Gemma se dio la vuelta, aunque le temblaban las piernas de tal modo que temía que no la sujetaran. Sólo el orgullo y el deseo de salir corriendo y no mirar atrás la mantenían en pie.

–¿Y Rachel? –le preguntó Stefano.

Ella se detuvo al recordar la promesa que le había hecho a Cesare. ¿Pero cómo iba a quedarse en esas circunstancias?

–Cesare contrató a una niñera y estoy segura de que seguirá cuidando de la niña como hasta ahora –respondió.

–Si te marchas, todo habrá terminado entre nosotros –le advirtió él–. ¿Lo entiendes?

Gemma lo entendía muy bien. Y por eso subió a cubierta y esperó que los hombres bajaran el bote para llevarla al muelle. Esperó que Stefano saliera a buscarla, que la tomara entre sus brazos para decir que la amaba, que quería casarse con ella, que no podía vivir sin su amor.

Pero no lo hizo. No fue a buscarla y cuando estaba en el muelle vio que el helicóptero despegaba del yate. En unos segundos había desaparecido, saliendo de su vida tan dramáticamente como había aparecido.

Pero había una diferencia.

Esta vez Stefano se llevaba su corazón.

–Eres un imbécil, no sé si lo sabes –dijo Jean Paul, dejándose caer sobre una hamaca en la cubierta del yate–. Gemma es una chica guapísima y, por lo que me has contado, una persona extraordinaria. Me dan ganas de ir a Manarolo a buscarla y...

–Haz lo que quieras –lo interrumpió Stefano. Pero la violenta presión con la que sujetaba la copa negaba esa indiferencia.

Jean Paul se limitó a sacudir la cabeza. Había decidido que Stefano y él necesitaban unos días de descanso y el lanzamiento de su nuevo superyate le había parecido la excusa perfecta.

Desgraciadamente, Stefano no podía relajarse. Para empezar, no había esperado que su amigo hablase de Gemma a todas horas. Gemma, en la que él no podía dejar de pensar. Día y noche.

Habían pasado cuatro meses desde que se despidieron. Cuatro meses en los que estaba seguro de que ella lo llamaría por una razón o por otra, pero no lo había llamado.

Y su silencio lo enfurecía. Quería saber que lo echaba de menos, que lamentaba haberle dado la espalda.

Lo angustiaba tanto que le había pedido a su amigo que fuese al hotel de Manarolo para relajarse después de un pequeño accidente en el circuito de Le Mans. En realidad, para que comprobase si Gemma estaba bien.

Pero no había esperado que Jean Paul se enamorase de ella.

—Francamente, ahora lamento no haber comprado acciones del hotel.

Stefano apretó los dientes al ver que su amigo estaba decidido a seguir con el tema.

—Eres piloto de Fórmula 1. ¿Para qué demonios quieres acciones de un viejo hotel?

Jean Paul dejó escapar un largo suspiro.

—¿Tienes que preguntar?

—No.

No tenía que preguntar por Gemma porque todos insistían en hablarle de ella. Rachel no dejaba de preguntar y seguiría preguntando cuando la llevase a su casa de Viareggio el mes siguiente.

Todo le recordaba a Gemma. Aquella mujer se había convertido en una obsesión. No había noche que no soñara con ella y su imagen aparecía a cada momento, cuando estaba trabajando, cuando pasaba un rato con su padre...

Jean Paul se levantó entonces, mirándolo con unos ojos demasiado perceptivos.

–Imagino que sabrás que Gemma no se parece en nada a tu cuñada.

–Lo sé, pero no soporto la mentira.

–Aparentemente, ella tampoco. Estaba protegiendo a su familia, o al menos intentando protegerlos.

–Eso no cambia nada.

Lo había pensado mil veces y se enfurecía al pensar en cómo su familia la había utilizado. Seguirían haciéndolo si él no hubiese intervenido.

–¿No la has perdonado por no contarte que su hermano se gastó el dinero de las reformas?

–No.

Jean Paul dejó escapar un largo suspiro.

–Eres imbécil –repitió entonces, la conversación llegando a un círculo perfecto.

Como había hecho cada mañana desde que volvió a Manarolo, Gemma salió al balcón del hotel. A esa hora, antes del amanecer, las luces del viejo edificio iluminaban el muelle, con sus barcos de pesca, y la tranquila bahía de Manarolo.

Nada podía compararse con la belleza de un pueblo al despertar, pensó. Los pescadores que trabajaban de noche volvían del mar mientras los otros preparaban sus redes y el pueblo se llenaba de sonidos y voces.

Casi podía imaginar a su padre saliendo a pescar como cuando era pequeña, pero cada vez que un yate

echaba el ancla cerca de Manarolo su corazón se aceleraba, pensando que era Stefano que había decidido
ir a visitarla.

Lo echaba tanto de menos.

Cesare estaba recuperándose y, según Rachel, había
empezado a caminar. La niña llamaba todas las semanas para darle noticias de su padre, de ella misma y de
Stefano. Siempre Stefano, que según Rachel estaba
demasiado ocupado con el trabajo como para disfrutar
de la vida.

Hasta el mes anterior, Gemma había seguido con
sus visitas a Milán, siempre comprobando que Stefano no estuviera allí. Pero ya no podría hacerlo porque él había decidido llevarse a la niña a Viareggio.
Una noticia maravillosa para Rachel, pero a partir de
ese momento no podría verla. Y tampoco había vuelto
a ver a su hermano, que se había ido con su familia
de Italia...

Gemma parpadeó para controlar las lágrimas
cuando oyó un ruido en la cocina. Su abuela debía de
haberse levantado.

Si su hermano hubiera utilizado el dinero que le
enviaba para reformar el hotel, si ella hubiera pensado que tanto dinero era una tentación para un hombre que tenía adicción al juego...

Gemma sacudió la cabeza, entristecida.

El sol empezaba a asomar por el horizonte, ti-
ñendo el mar de un color dorado... y su corazón se
aceleró al ver un yate anclado cerca del puerto.

—No te hagas ilusiones —se dijo a sí misma.

Seguramente sería algún millonario de paseo por
el Mediterráneo. O tal vez Jean Paul, que había pro-

metido volver cuando su nuevo yate estuviera terminado.

Le caía bien Jean Paul, pero no podría tolerar otra visita como la anterior, en la que no dejaba de hablar sobre las virtudes de Stefano.

Stefano. Si pudiera olvidarse de él...

Gemma decidió dar un paseo, como hacía todas las mañanas, y después de ponerse un chal se dirigió a los acantilados, hacia un camino que se llamaba Via dell'Amore.

Qué ironía, pensó entonces. Con el mar golpeando el acantilado a su derecha y los hermosos viñedos creciendo profusamente a su izquierda, no dejaba de pensar en el enorme yate...

¿Durante cuánto tiempo pensaría en Stefano? ¿Cuándo iba a olvidarse de él?

Cuando llegó a la cima de la colina tuvo que parpadear, atónita, pensando que sus ojos la engañaban. Pero estaba allí, tan alto, tan fuerte, tan guapo como siempre.

−¿Stefano?

−Llegas temprano, *bella*.

Durante un segundo no pudo respirar. ¿Cómo podía saber...?

Jean Paul, por supuesto. Él debía de haberle contado que solía pasear por allí cada mañana.

−¿Qué haces en Manarolo?

−Esperándote −contestó él, con una sonrisa en los labios.

¿Por qué estaba esperándola allí? Gemma no entendía nada.

−¿Piensas quedarte aquí? −le preguntó cuando pudo encontrar su voz.

—Aún no lo sé.

—Muy bien, espero que disfrutes —Gemma intentó darse la vuelta, pero Stefano la sujetó del brazo.

—Espera, *bella*.

Ella no quería mirarlo a los ojos, no quería hacerse ilusiones. Rechazar a aquel hombre era lo más difícil que había hecho en toda su vida y no podría hacerlo por segunda vez.

—No...

—¿No qué? ¿No quieres que te toque, que te abrace? ¿Que te desee?

—¿Qué haces aquí? —le preguntó Gemma, envolviéndose en el chal para no echarle los brazos al cuello.

—Jean Paul no deja de decirme que soy un imbécil y me he dado cuenta de que tiene razón.

Ella disimuló una sonrisa. De modo que Jean Paul había estado incordiándole tanto como a ella.

—Es una suerte tener un buen amigo como Jean Paul.

—Eso dice él.

La tensión empezó a disiparse un poco. Aún desconfiaba, pero no quería marcharse cuando tenían tantas cosas que decirse.

—Siento mucho no haberte contado lo del hotel —dijo Gemma—. No estaba acostumbrada a compartir mis problemas con nadie y mucho menos con un hombre al que apenas conocía.

Stefano negó con la cabeza.

—No tienes que disculparte por nada. Tampoco yo he sido capaz de confiar en ti, pero eso es el pasado.

Dime, *bella*, ¿eres feliz? ¿Es aquí donde quieres estar?

–Algunas veces no me imagino en ningún otro sitio.

–¿Y otras?

–Echo de menos mi trabajo, a la gente, la sensación de ser necesitada –Gemma lo miró a los ojos–. Te echo de menos a ti.

–Entonces vuelve conmigo.

Había esperado una eternidad para escuchar esa frase, pero no era suficiente. Ella necesitaba y merecía algo más.

–No, no puedo.

–Sí puedes. Y lo harás –dijo él entonces.

–¿Por qué, Stefano? Dame una buena razón para que vuelva contigo.

–Porque juntos somos felices –respondió él, tomando su cara entre las manos–. Porque me quieres, *bella*. Y porque yo te quiero a ti.

–¿Me quieres? –repitió Gemma–. ¿O estás diciendo lo que crees que yo quiero escuchar?

–Es la verdad, *cara mia*. He tenido que perderte para darme cuenta de cuánto te quiero –le confesó Stefano entonces, besando su mano–. Eres mi sol, la razón por la que respiro.

–Y tú la mía. Te quiero tanto, Stefano –le confesó ella entonces, una confesión arrancada a su corazón.

Stefano inclinó la cabeza para buscar sus labios.

–*Mio amore*.

–Dilo otra vez –le suplicó Gemma.

–Amor mío –Stefano se apoderó de su boca y la besó con más pasión de la que creía posible.

–¿Estoy soñando?

–No, es real. Lo que sentimos el uno por el otro es real, cariño. Te quiero, Gemma Cardone. Te he querido desde el día que te vi en la oficina de mi padre, pero no me daba cuenta –Stefano sacó algo del bolsillo entonces.

–¿Has encontrado mi anillo? –exclamó Gemma–. Creí que lo había perdido...

–*Bella*, ¿es que no lo entiendes?

Stefano tomó su mano para poner el anillo en su dedo y el corazón de Gemma se aceleró al ver un diamante que reflejaba todos los colores del arcoíris, toda la explosión de amor dentro de ella.

–Cásate conmigo, amor mío. Quiero que seas mi mujer, mi amante, la madre de mis hijos. Quiero que lo compartas todo conmigo ahora y para siempre.

–¿Estás seguro? –le preguntó ella.

Pero el deseo que brillaba en los ojos oscuros hizo que olvidase todas sus dudas e inseguridades. Stefano levantó su mano para besar tiernamente cada dedo, su cálido aliento desatando un incendio.

–No tengo la menor duda. Cásate conmigo, *bella*.

–Sí –dijo ella, con los ojos llenos de lágrimas.

–Podemos vivir donde tú quieras. Viajar donde quieras. Y reformaremos el hotel, contrataremos a alguien para que ayude a tu abuela.

Gemma puso un dedo sobre sus labios.

–Stefano, ¿qué haces? Estamos en el Camino del Amor, no es el sitio para perder el tiempo hablando.

–¿No? –murmuró él, poniendo una cara de sorpresa que Gemma no creyó ni por un momento.

–Bésame –le dijo, ofreciéndole sus labios.

No tuvo que pedírselo dos veces.

De modo que, rodeados por la fragancia de los viñedos y con el sonido de las olas golpeando el acantilado, sellaron su amor con toda la pasión que guardaban en sus corazones.

Bianca™

Una vez en Río, Marianne se enterará de la verdad...

Las cicatrices son el único recuerdo que Eduardo de Souza tiene de la vida que llevaba en Brasil. Siempre esquivo con la prensa, ha elegido vivir solo. Pero, entonces, ¿cómo se le ha ocurrido contratar a un ama de llaves? ¡Pues porque nunca ha podido resistirse a una belleza de aire desvalido!

Marianne Lockwood se queda fascinada con su jefe y se deja llevar con agrado hasta su cama, pero Eduardo tiene secretos...

Amor en Brasil

Maggie Cox

Deseo™

Seducción de verano
KATHERINE GARBERA

Sebastian Hughes no solía tener en cuenta los sentimientos de su
secretaria. Pero, para evitar que se
marchase, debía demostrar lo antes
posible que la valoraba. Ella, sin embargo, conocía sus tretas de seduc-
ción demasiado bien y no pensaba
aceptar algo que no fuese amor ver-
dadero.

Aventura de un mes
YVONNE LINDSAY

El magnate Richard Wells estaba harto de romances y, sobre todo,
del matrimonio. Sin embargo, un día descubrió a una mujer guapísima montando a caballo y se propuso seducirla. El objeto de
su deseo no era una mujer de clase alta, sino una empleada con
un corazón que podía hacer que hasta el divorciado más convencido se rindiera para siempre.

Bianca™

Exclusiva: El soltero más codiciado de Sidney se casa...

El multimillonario Jordan Powell solía aparecer en la prensa del corazón de Sidney y, en esa ocasión, lo hizo con una mujer nueva del brazo.

Acostumbrado a que todas se rindieran a sus pies, seducir a Ivy Thornton, más acostumbrada a ir en vaqueros que a vestir ropa de diseño, fue todo un reto.

El premio: el placer de la carne.

Pero Ivy no estaba dispuesta a ser una más de su lista.

Esposa en público

Emma Darcy